# 小寂寞

◉聞人悅閱／著

聯合文叢 550

# 目次

【前言】高度物質文明下的無瑕童年模型——007

## 上部。遠遊誰甘同寂寞——011

彈琴唱歌跳舞——013

一九九七年，她們在游輪上跳舞，間或唱歌彈琴也說愛。多年之後，回頭看那漂浮在水上的樂土，原來快樂與不快樂已經在那時播種。那年，閒來無事，她們旁觀，議論那遙遠叫做香港的城市。結果，到了後來，她們自己站在這個城市裡，恍然又站在另一片漂浮的陸地上，只不過不再談是否快樂。

像長頸鹿一樣跳舞——065

天才少年小厥的若干事。她永遠在跟與她年齡不相稱的人對峙交戰，久了就像一場遊戲，跳一場棋逢對手的舞。可是花了那麼多力氣，卻沒想到這些相遇，結果只是為了擦肩而過。她用那麼長的時間，不過只跳了一支舞，她以為自己學會了沉默和優雅，但是什麼都是有代價的。

**聖吉尼斯．路易斯的中國公主——109**

那個時代裡人人以擁有一本聖吉尼斯．路易斯的護照為榮，因為那是天堂之國，因為那是隨時可以離開的憑藉，是這千瘡百孔世界裡心靈的慰藉。但是天堂之國聖吉尼斯．路易斯發放了幾十萬護照，卻只來了一位移民，他們叫她來自中國的嘉嘉公主，她只想知道在她所謂的家鄉，那裡的少女們過著怎樣的生活，因為傳說中，那遙遠彼岸世界的人們一直沉浸在一種擔心消失的恐懼之中。但是最大的恐懼，大概仍是心之寂寞。

## 下部。落花看景共寥落——157

**龍井問茶之陽春白雪——159**

不管是怎麼樣的感情，只要是真的便都是好的，但是那些看得到的圓滿總是需要有人成全，於是，總得有人翩然地轉身，有人得沉默，有人要承擔寂寞。同時，世界好像紅紅火火地得以進行下去，人生如夢，走下去，自然就有路可循，有時，也並不如想像的那般艱難。好比陽春白雪，只要自己明白；世人總有他們的看法，但是如何顧得過來。

**黃龍吐翠之烽火連綿——187**

歷史裡，從來也沒有缺乏過烽火連綿，對於個人，即便戰爭成全了一段感情，也沒有歡喜可言，只不過是僥倖，血仍舊是血，痛仍舊是痛，而且真實的生活中，有幾個人能自夾縫裡討得一點苦中的小快樂？烽煙之下，失去的永遠無法被快樂填平，心缺一角，時間長了也只能是淡淡的悵然依舊。一九三七年的戰爭如此，到了二〇〇一年也沒有真正的和平。

**平湖秋月之鏡中花——215**

我那麼清楚地記得那年，那一年我們還都相信童話，我們鼓勵他們，也鼓勵自己，感覺到自己的勇敢和快樂，走向任何一個方向，都可以所向披靡。可是曾經那麼興高采烈傳頌的或者鄙視的到頭來不過是大家各自的想像而已，真實生活裡的不過是些平凡的人生，別的都是鏡中花。

【前言】
# 高度物質文明下的無瑕童年模型

她跟我說：

我小時候，住在島的南面，背靠青山，面向大海。那時候，我很小，住高樓大廈，與這個島上大多數的人一樣。我，我爸爸，我媽媽，還有我的玩具。我們有一輛漂亮的紅色跑車，牌子也是這個島上最廣受歡迎的名牌之一，三個字母，BMW。那是這個島的黃金時期，打開電視，就是歌舞昇平，金碧輝煌。很多年輕的人夢想成為明星，最好一夜成名。

每到週末，我們便開車出遊，沿島南邊的美麗海岸線，經過深灣，避風塘，布廠灣，大樹灣，深水灣，淺水灣，然後我和媽媽下車排隊，在一家快餐店——

是肯德基或者麥當勞？——買三整份大餐，然後繼續開車去南灣。南灣的沙灘面向南中國海，永遠有巨大的船和巨大的海鳥在海面上來來去去。太陽也永遠大而溫暖——南方的島沒有真正的冬天。

我們週末的大部分時間都花在看海上了，差不多每個週末都重複這樣的程序，一成不變。但是為什麼總是去南灣呢？多年之後，我忍不住向父母求證。啊？是這樣嗎？看海？母親想一想，過了幾秒鐘，恍然大悟一般地說，當然，當然是南灣。淺水灣人太多，不容易找到泊車位嘛。

原來這樣。我有點失望，本來以為會是個更加羅曼蒂克的理由。

母親對我的遺憾，也覺得抱歉，但是沒有辦法，那就是事實。淺水灣的那家快餐店自然也已經不存在了，所謂時移境遷，像水到渠成一樣的變化，沒有引起任何人的驚訝。回想這些，突然想，那竟然就是我水平如鏡的，沒有任何苦痛的幸福的童年，這個島的許多人的童年都是這樣，然後是少年，青年，成人，物質豐富，再打一點小算盤，這就是生活了。

我離開過，然後，再回來，跟這個島上許多少年流行的留學生涯一樣，但是，到哪裡，都忘記不了這個島，學成畢業，幾乎全部沒有在異地逗留的打算，漏夜緊趕，回到這個島上，好像是回到溫柔鄉。回憶這個島上的童年，原來，回憶就像我開始說的那樣——我小的時候，住在島的南面，背靠青山，面向大海——簡單，卻也無可挑剔。

過了這麼多年，這個島，還是這樣，車如流水，高樓如林，年輕人還是做著明星的夢。

最後，她說，這就是我們的缺了一點什麼的卻無法拋棄的生活。

說這番話的時候，她原本是想給我說一個關於童年的宏觀的故事，但是卻意想不到地簡單，出乎她自己的意料。沒有辦法，就是這樣平淡，她最後說，擁有的是物質，而不是精神；是時間，而不是歷史。——我們居住的只不過是個孤獨的島嶼。

我想，如果要替這段話加一個小標題，或者可以說是，高度物質文明下的無瑕童年模型，而且是塑膠做的，已經被成批生產，滲透到世界上經濟發展順利，物質累計豐厚的各地。而人們希望的，永遠比能夠得到的要多一些；被物質寵壞的人想要的，大概是特別的記憶，可是無法擺脫的永遠是那淡淡的一點遺憾和寂寞。

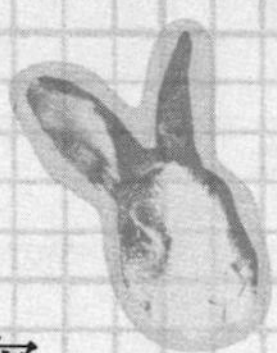

# 上部・遠遊誰甘同寂寞

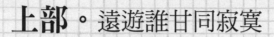

# 彈琴唱歌跳舞

一九九七年的時候，五月和小伍都在一艘游輪上跳舞。小伍多才多藝，偶爾也客串彈琴唱歌，五月則只顧混時間，只想付出一點小小的勞動換取地中海上逍遙的時光。她們的豪華游輪那個夏天一直在歐洲，在碧藍的愛琴海上，像一片漂浮的大陸，一切應有盡有，快樂也無邊無盡——因為根本沒有煩惱的理由。五月剛大學畢業，踏出校門一看，原來經濟很好，好像隨時找得到工作，於是決定乾脆休息一陣子，就當是畢業旅行。

那是一九九七年的初夏，她們初見面，五月向小伍介紹自己，生在香港，因為五月出生，於是就叫五月，然後四歲移民美國，在紐約皇后區長大，大學主修哲學，副修舞蹈，剛好碰見游輪公司的舞蹈團試鏡，有個臨時的缺，條件很好，於是就到歐洲來了，過了夏天就打算漫遊歐洲大陸。

是嗎？小伍聽完五月的話，只是這樣淡淡地問，並沒有介紹自己的履歷。她那時候，好像也是學生，在德國留學，五月不知道她是怎麼找到這份跳舞的工作的，看她深藏不露的樣子，也不想多問，反正是各顯神通吧。

船上的舞臺不大，畫了濃妝，鎂光燈照過來，幾乎不太分得清她們是東方人。觀眾並不吝嗇掌聲——他們坐在一張張小桌子邊上，年紀大的人像含蓄的企鵝一樣小口小口喝酒或飲料，年輕的情侶們則像春天第一批下水的興致勃勃的鴨子，總與身邊的人有說不完的話，然後看跳舞的年輕人們使勁拍手。窗戶外邊就是汪洋大海。船由這個港口開到下一個，與現實的世界若即若離。很容易產生各種各樣的美麗錯覺——錯覺讓人快樂。

因為是一九九七年，船上的客人知道她們是中國人以後，難免會問起香港來，因為香港正好在那一年回歸中國。但是，這樣的討論明顯去不了哪裡，對於船上的歐洲或美國客人來說，香港以前是個充滿異國情調的殖民地，而今天和未來就是一場熱鬧的戲，僅此而已；而小伍沒有去過香港，她在上海出生長大，對香港的繁榮有種意味深長的漠然，只說，四〇年代末的時候，倒有許多上海人去了香港；五月在四歲前倒是住在香港，但是那有什麼幫助呢，並沒有足夠時間讓她形成一個所謂正確中肯的觀點。何況在地中海上說起香港，感覺像另一個一千零一夜，大約永遠不會跟她們有關係，於是她們隨口回答，不會有什麼事，回歸以後，不會有什麼事。

你確定？真的？一切不會改變？

確定！不會改變。兩個女孩子敷衍而答，像哄小孩子一樣，結果，大家都很開心。

這樣子的問題很自然地使得五月問小伍，打算什麼時候回中國去？

回去？她很漠然地反問，為什麼要回去？

回家啊，不是嗎？你不是從中國來的？

為什麼要走回頭路？如果按照你的說法，我豈不是要問你什麼時候回香港，你不也是從香港去美國的？

小伍這樣並不友善的搶白讓五月啞口無言。

小伍到底年輕，再漠然，也有炫耀之心，忍不住要說幾句自己覺得聰明的話，對生活發一些議論。有一次她說，生活中所謂的圓滿是不存在的。有些事看著美滿，不過是當事人略過一些細節不說罷了。她說這話的時候，顯得世故老成，而且看上去相當氣憤激昂而且悲壯，好像一個帝國在她背後要悄然隕落，無力挽救——看得太清楚，是悲哀，她這樣總結，口吻有種刻意的懷才不遇的落寞，可是，由於語氣略顯誇張，教人無法分辨她是否在開玩笑——事實上，一切並不那麼嚴重吧。五月聽了也沒有往心裡去。這些年過去了，時間也沒有證明她的話對還是錯，不過，這句話，五月仍記了個大概，因為難得小伍把一句話說得七情上面。

這種漂泊的日子一開始，小伍母親就有諸多的抱怨，她說，從小叫你習舞，供你讀好學校，花了多少精力，誰知去做了這麼一份不三不四的工作。對於母親來說只有在像紐約林肯中心這樣的地方跳舞才是正當職業，而且最好每一次表演都要謝五次幕才收場。小伍很小的時候也做過這樣的夢，後來長大了，夢就變得不一樣了。

因為船上跳舞的人中間只有五月與小伍是中國人。五月心無城府，有時與小伍說自己家裡的事，也不介意小伍一直很少話及她自己的家庭。她隱約知道小伍的老家距離上海很近，至於是哪一個城市，小伍說，告訴你，你也不知道在哪裡，連我也沒有去過。五月便不追問，況且，也覺得小伍說得沒錯，自己的確未必知道。五月根本沒有去過中國大陸。

事實上，船上的生活也有相當無聊的時候，在船超過兩個晚上不靠岸的日子，望著茫茫水面，小伍也會產生應當結束這樣任性的生活，從此上岸的念頭。但是，船一旦真正靠岸，腳踏上土地，就會想到，那麼到底要做什麼呢。這個像花苞一樣敏感脆弱而美麗的問題好像很難開花結果。總之，拔腿而跑，返回到船上看上去是個不錯的權宜之計，所以五月一直沒有下船，只是不知道小伍怎麼想。

五月的母親在一開始坐過她們這艘船，不是為度假，而是抱著要拯救女兒的非常明確的目的。她如此有備而來，可想而知，彼此的經驗都不會愉快，而且使五月尷尬。五月的母親也見到小伍，但她們彼此不夾緣。母親忘了小伍其實與自家毫無關係，但忍不住在自己女兒面前檢閱她，百般挑剔，想以反面教材喚醒女兒；小伍一向對旁人的想法無所謂，但也當然感覺到小伍母親對自己的不友善，自然也不會故意作出乖巧的樣子來討好。總之，她們像高速公路上兩輛相向而駛的跑車，沒有任何交流，只用交錯的幾秒得出無法磨滅的錯誤印象，然後背道而馳，沒有產生任何火花，幸好也沒有衝突。

母親那次找五月說話，彷彿經過了三天三夜的深思熟慮，並且一絲不苟地打扮過，把母女倆的普通談話變成了一個隆重的事件，像要築一個劃時代的里程碑，她叫了一杯巨大的草莓奶昔，一口也沒有喝，語重心長對五月說，年輕，想玩兩年，沒問題，但是，我看像你這樣，在這船上一直這樣過下去，不是辦法。而且這些舞看上去跳起來容易得很，想必連平時練功都不必，根本不是一技之長。言下之意，在小公司做個職員也比這強，她不認為她們的舞與藝術有絲毫關係。很不幸，她說的都有道理，但是五月卻偏又不聽她的，也不反駁，只是有點無聊地看著她面前那杯粉紅的飲料，那些冰霜正在慢慢地液化，而五月叫的一杯瑪格麗特已經喝得一點也不剩。小伍遠遠看見這一幕，後來對五月說，竟突然產生一點悲憫情懷，養兒育女真是不易。

五月說，我有什麼辦法。

倒是小伍深深嘆口氣。

那個時候，五月那些幼年時代的朋友們都如五月母親願望的那般走在正途上。小名寶寶的女孩子，跟五月在同一家醫院出生，小時候先後移民，跟五月念一樣的學校，從小明爭暗鬥，一面遊戲，一面競爭，包括搶玩具，她已經在一家律師事務所做了兩年助理，正要申請法學院；與母親同一個教會的徐媽媽的兒子，是個電腦天才，在NASA工作，目空一切；讀書一向聰明的南茜將來是個牙醫，正到處借朋友的牙齒練習手藝；鄰居強尼，在諮詢公司工作順利，每個月出差四次，一年休假兩次；五月中學時代的puppy love正在白手起家創建一個網絡公司，據說一週只睡三十個小時。而五月滯留在什麼也不是的海平面上——這是她母親的原話——真是讓人痛心。母親甚至說，社會在進步，而你竟然依舊靠一副原始的本錢生活，簡直是越來越倒退。你這樣活著，與古時候的人有什麼區別。你自己想想，自己身上看不看得見這個時代的文明。你知道現在大家都忙著做什麼嗎？網絡，email，新經濟——這一切，倒要我這個老太婆來教你。

五月的母親下船後，五月鬆了口氣。過了好一陣子，五月忍不住跟小伍開玩笑一般複述母親說的那番話，小伍果然笑得好像將五臟六腑都倒了過來，將一只杯子失手推翻，不知道是什麼酒的透明液體流淌了一桌子，之後，她說，你們真幸福。你與你母親都是生長在溫室中的人，不知道人間疾苦。

五月睜圓眼睛說，不是的。小時候我們家移民美國，住紐約皇后區，也經歷過生活極拮据的日子。要過了很多年後才可以鬆口氣。

小伍笑而不答，笑容裡有點不屑，那笑容像灰塵一樣簌簌掉下來要消失在周圍突然充滿寂寥的空氣中。

五月只好自嘲說，如今，我也是在事業上不得意的人。想藉此安慰她。

小伍便繼續微笑下去，笑得把眼睛也瞇起來，漸漸看上去竟然好像心情很好，心中好像想著別的事，五月也把剛才談的話題拋開，再說下去，也不會有結果。在船上，前面，後面都是水，有什麼好計較的呢？五月想，自己曾經擁有的幼年時候勤於跟寶寶競爭的那份好勝心，曾經也波瀾壯闊，如今一點浪花也不剩了。

她們趴在欄杆上看海，海水越來越藍，船正開去希臘，美麗的國家，無法數得清的島嶼，令人目眩的白和藍，看上去活得很輕鬆的人民，所以經常有船員在這裡留下來，在另一個漂浮的陸地上無限期地停頓著，不知道哪一天打算再回人間，大概就此落地生根也有可能。她們認識的一個叫作保羅的男孩，比她們都小，就留在某個島上做酒保，興許這次可以碰見他，他大約沒有太大的變化，保持著他一貫曬得相當漂亮的膚色。這個地方，好像十年都可以當作一年那樣來過。

在一九九七年的夏天裡，五月和小伍並肩而立，天氣好得不像話，簡直缺乏真實和永恒的感覺，好像隨時會落幕的電影畫面，比如燈光突然暗滅，周圍變作一片黑暗——不知道為什麼會有這樣缺乏安全感的想法。五月想告訴小伍這種感覺，還沒有啟齒，就有客人過來問能不能請她們喝一杯，然後揚手叫來侍者。在一天之中，這個時候喝酒好像是太早了一點，結果，兩個女孩子還是都點了香檳，然後三個人靠著欄杆，小口小口地喝酒。距離他們不遠，有一對中年夫婦在躺椅上曬太陽，沉默著沒有發出任何聲音。他們也好像不知道說什麼似的，很久沒有開口說話，那人中年，英文是倫敦腔，看上去很得體，但又相當寂寞，否則也不會一個人出現在游輪上，在下午的豔陽下，請兩個年輕女孩子喝酒，卻又不說話。五月和小伍很自在，自己說自己的，不時低聲討論地平線上出現的隱約的島的影子，最先出現的應該是哪一個島呢，航線不同，大概與上次也不會完全一樣。

中年人偶爾笑一笑，多次欲言又止。五月和小伍也懶得揣測中年人的意圖，他也許真的有話要說，可能覺得不便啟齒，也許後來又打消了主意，也可能根本沒有任何想法，只是想請船上跳舞的女孩子喝一杯——五月記得在觀眾席上看見過他。船上人多，人來人往，總是會有一些奇怪的人，他們都遇見過直截了當或者曖昧婉轉地要求女孩子做伴的男子，要應付總是有辦法的，即便裝聾作啞也能避免一些麻煩。

中年人漸漸收斂了笑容，看上去好像有點心煩，那煩惱像積在桌上一毫米厚的灰塵，讓他看上去不那麼鮮亮精神，但他未必以為女孩子們就是那抹灰塵的人吧。等酒喝完了，侍者收走杯子，小伍看五月一眼，五月會意，是到了告辭的時候，差不多也該開始為晚上的演出準備了。他很有禮貌地替女孩子們讓路，並道謝，一點也沒有給人麻煩，彼此便很真心地點頭微笑，然後離開甲板。

這趟航程他們沒有碰見保羅，島上那家酒館的酒保換作了一個澳洲人，他說，保羅去了另一個島。他也很年輕，皮膚也曬成很深的顏色，在淺淺暗暗的燈光下看上去似乎與保羅沒什麼兩樣，五月發現自己竟然不太記得保羅的長相。船在碼頭停靠，要過了午夜，凌晨時分再啟航，所以澳洲人問她們要不要喝一杯的時候，她們就留了下來。酒吧擁擠得很，好像很受歡迎的樣子，但是音樂卻教人不敢恭維，是那種想取悅每一個人，但每一個人都會覺得很吵鬧的音樂，雖然這樣，人潮還是不斷地湧進來，真是令人驚奇。

小伍在燈下喝了酒總是顯得特別美麗，看上去相當冷豔，但偏偏又有種讓人覺得由衷的親切的氣質，非常矛盾，但是在酒吧裡卻剛剛好，是相當受歡迎的類型，好像磁鐵一樣，所以澳洲人忙著招呼客人，最後總是會回到小伍這邊，像老朋友一樣，有一句沒一句地聊天。五月看見船上的同事，走過去跟他們打招呼，突然聽見音樂的分貝陡然升高，一片喧譁，回過頭去，原來小伍正開始跳舞，高高站在吧檯上，就像每一次她喜愛炫耀的小把戲一樣，周圍的人分明被她惹得高昂起來，但她把場面控制得非常好。不過，真要承認，從任何一個角度看都有顛倒眾生的效果——她喝了點酒，但是絕不會失態。五月與同事對此已經習以為常，如果那些圍在吧檯邊的人群有任何奢望想看這個美麗的女孩子失控，大概會失望。

「我在香港待過多年。」

這是船上遇見的那個中年人跟五月說的第一句話。五月因為覺得熱，所以走出屋子，站在外面，屋裡震耳欲聾的音樂被門割斷，變得稀薄，於是聽得到叮叮咚咚的希臘音樂，大概是旁邊的露天餐館傳過來的，時時夾雜著「喔吧，喔吧」的歡呼。五月深深吸了一口氣，把氣吐出來的時候，突然發現他就站在自己邊上，而且看樣子，比她先到。然後，他就開口說了上面那句話。

哦？五月不了解他的意圖。

那個城市，就像你們的游輪一樣，一塊漂浮在水上的美侖美奐的大陸，一切方便周到。

可是，我根本不記得香港。五月趁他的停頓，指出。

我也沒有說你記得啊？他很平靜地說。

五月聳聳肩，香港對她來說太遙遠，努力思索一下，也沒法憑空想像得出一點印象來，而海風吹來，很綿軟的風，教人覺得很舒服。

我在那裡住了多年。他說。

我知道，你已經說過。

你們遲早也會回到那個城市去。

五月笑了，不反駁，也不回答，只是想，這真是一個奇怪的人。

不相信嗎？他說，那就等著瞧。

五月敷衍著說，好。

同事開門出來找她，推開沉重的門，音樂像流水一樣一瀉而出。他說，你在這裡？時間快到了，過一會兒就要回船上去了。他看一眼她身邊的中年人，問，沒事吧？

五月確認說，沒事，我在這邊等你們。

他就將腦袋縮了進去。然後，就剩下五月和陌生人站在有叮咚的希臘音樂伴奏的希臘的夜晚之中。五月突然意識到，或者剛才應該跟同事進到室內去，否則，如此這般站立在這裡，變得非得說幾句話才行。

香港，——你說是香港，對吧？……喜歡那個地方？五月問。

待了很多年的一個小島，的確是個有趣的地方。他把手裡吸了一半的菸捏在手裡幾秒，然後擲在地上，踩滅。五月看了一眼，意識到原來他站在這裡是為了吸菸。

你是英國人？五月問，到曾經是大英殖民地的小島獵奇，也是合情合理的吧。

那已經不是大英的殖民地了。也許感覺到女孩子口氣中的揶揄，所以嘴角揚上去，露出一個了解卻不介意的微笑，他回答，況且，我是在北非長大，也不是你話裡所指的英國人。

那已經是八月，五月記起上個月新聞之中的香港移交儀式，便順口說起，道，啊，對了，原來如此，所以，這是你離開香港的原因了。

誰說我離開了？他說。

那麼便是度假了。五月順其自然地說，對這個話題並不感到興趣，所以沒有辦法地，口氣已經有點敷衍。其實，她想，自己還是不明白這個人究竟想說什麼。

他看看錶，下意識地抬頭看看天，不用看，也知道希臘的夜空相當美好。五月立刻順其自然地問，你要回去了嗎？

時間差不多了。要回船上去了，一起走嗎？他把戴錶的手放下來，插在口袋裡，然後問。

五月略猶豫，推開門找小伍和同事，黑壓壓的，根本看不清他們在哪裡，音樂使得耳膜重重地跳了幾下，像被反彈出來一樣，他便縮手，門自動合上。五月用算了，只好這樣了的口氣回答，說，好吧，一起走。

不用跟你的朋友說一聲？

不用了，他們會知道。

穿過兩邊都是酒吧的小街，兩邊的房子都被刷得雪白，像奶油蛋糕一樣。在刷房子這點上，希臘人的勤奮真的讓人佩服，好像也不是為了招攬遊客，即使沒有外人欣賞，他們也一般像牛一樣執拗地把這個並不那麼刺激的工作進行到底，一面在別的事情上偷懶，一代接著一代如此生活，的確也有難以讓人了解的地方。

就這樣在島上走一圈，並不能真正了解這個民族啊。中年人突然感歎，想法居然與五月不謀而合。

五月的心情輕鬆下來，點頭說，的確是。

他看五月一眼，說，像你們這樣隨著船漂來漂去，對哪裡也不可能真正了解。

五月反射性地反駁，那麼你呢，對香港就很了解？

他很真誠坦白地說，其實也不，那也是一塊漂浮的陸地，跟你們的船一樣。是嗎？那你對哪裡比較了解？北非嗎？

漂流的結果是對哪裡都不了解了。連出生的地方也回不去了，太多變化，根本無法跟得上。他很輕描淡寫地說。五月在一瞬間以為那就是他看上去相當寂寞的原因了，但是他語氣的輕巧又讓人不確定，好像是什麼也沒有關係的那種口吻。但五月不覺得了解，或者不了解是多麼嚴重的問題，那麼多事和人，有必要全部都看得一清二楚嗎？

你們跟我很像。他突然說，當年，我以前也跟著游輪走了許多年。很快樂，但也錯過很多事，後來看到香港不錯，就留下來。也很快樂。一直抱著不會這麼快落地生根的念頭，到了現在，恐怕習慣性地不能了，已經錯過了扎根的機會了。

在香港幾年？

十五年。

那個數字讓那時非常年輕的五月覺得相當漫長，她啊了一聲，問，那還不夠讓你落地生根嗎？

本來以為是，但是後來發現在那裡，我過的生活其實像是裝在玻璃盒子裡的一種裝點，跟真正的當地人毫不相干，一面觀光，一面被觀光地過了十多年。

嗯？

在我這個年紀，除了一大堆亂七八糟的記憶之外，突然想對什麼要多一些了解，但是太遲了……也許，你不會明白。

的確是。我、五月老實地回答，的確不太明白。還有，這跟我們有什麼關係？為什麼會說我們一定會去香港。

不為什麼，那是個很容易經過的城市。像你們這樣喜歡走在路上的人，一不小心就會在那兒停留一下，像宿命一樣。一定會是這樣。沒準從那裡穿過，回到中國去，也說不準——你們不是中國人嗎？

可以這麼說啊。但是……

有時候即使難以了解，也不排除可能，你說是不是？

五月只是搖搖頭。

說到這裡的時候，他們已經走到碼頭。上了船，匯入船上的人群，也像茫茫人海一樣，那是五月在那次航程中最後一次看見這個中年人。

之所以有這樣深的印象，大概是因為他關於了解的那番話。那時候，船上很少有人跟五月說這樣似是而非的聽上去似乎深奧的問題，她已經習慣接受一些關於美麗的恭維，什麼都是美麗的，所以快樂似乎是那麼容易，因為這是游輪，大家顯而易見都是為了取樂這樣的目的而來。

接下來，五月和小伍繼續跳舞，繼續接受掌聲，繼續歡笑，繼續看海平面，繼續等待茫茫水平線上的大陸或者島嶼的出現，然後短暫停留，再離開。小伍有時候表現得很不耐煩，看上去好像厭倦了那種生活的樣子，她的情緒也傳染到五月。五月鄭重地在一個陰雲密布的下午，再次考慮權衡下船這件事，結果發現自己的人生竟然毫無規劃。海水似乎也跟著天空的顏色變化，有點渾濁，氣溫降低，船上的游泳池裡沒有一個人。出來度假的人們，碰到這樣的天氣真是不幸。但是，自己呢，究竟要怎麼做呢？好比背著降落傘，閉著眼睛空降可以嗎？不管三七二十一，先著陸了再說，然後，總有一條路可以走的吧。況且在船上好像總不能好好地戀愛一場，大家好像都抱著只有今天而沒有明天的態度，光是為了這個原因，也應該下船了吧。她想，自己的母親不知道要如何心花怒放了。

是的，是一九九八年了。

那短短的時間裡，小伍突然有了看報紙的習慣。

看什麼呢？五月問她。

她聳聳肩，攤開的報紙的版面常常是亞洲的消息，看上去好像並不太好，東南亞金融危機，香港的房地產不景氣，中國也在通貨膨脹。

怎麼突然對這個有興趣？

她自己彷彿也吃了一驚，說，我怎麼在看這些。

想回去了？

她好像很困惑一樣，不能籌措出一個答案，只說，隨便看看。

五月則說，我倒是想回去了。

她若有所思，點點頭。

她們彷彿都是生性容易厭倦的人，那一刻，五月知道，兩個人都已經有點倦了。

要回家麼？五月多問一句。

她說，哪裡有機會，就去哪裡。

可不就是這樣？五月想。

彈琴，唱歌，跳舞，一九九七年的夏天已經過去。那樣的日子太美滿，一點與人爭風的心思也沒有。五月有時想，這樣過一輩子倒也不錯，只是也明白不會有這樣好的可能。

之後的夏天沒有完全來臨的時候，五月在雅典登岸，與小伍擁抱道別，她們彼此都不傷感，因為看上去不像會在接下來的日子想念對方，兩人急不可待地各奔前程了。五月在後面橫跨歐陸的旅行中將小伍的地址弄丟了，不過，小伍也沒有與五月聯繫。

但是，五月倒是沒有能夠忘記小伍，第一是因為她懶洋洋的漠然後面總像隱藏著一股說不清的狠勁；第二是因為……她美麗，也許並不傾國傾城，但是究竟傾國的美麗是怎樣的呢，誰也不知道；第三是小伍在船上的幾段有始無終的情事，他們都覺得她愛他們，但是到最後，她下船走了。她走了，就是不回頭的——五月想起她說過的話。

五月從希臘飛到羅馬，然後正式開始在歐洲沒有目的地遊走，住最便宜的青年旅舍，有一頓沒一頓，有時吃最便宜的快餐，偶爾興致好也找名廚的餐館。雖然是一個人旅行，其實也不寂寞，因為總是能碰見年齡相仿的同路人，可以一起走一段，五月甚至愛上了其中的幾個人，但是沒有一段愛情改寫了她的人生。五月甚至對自己有點失望——所有的火花最終都不能燒成熊熊烈火，這就是自己的一生的寫照了嗎——二十四幾歲的時候，總是擔心年華，以為青春快留不住了，人生也快要歸納定論了。

旅途總有幾件難忘的事。剛開始的時候，五月路過義大利中部的一個小城。文藝復興時期留下來的古城，還是生氣勃勃，周圍就是連綿的青山和葡萄園。五月碰見幾個英國來的少年，一起去喝酒，一看就像含銀匙出生的少年們挑的原來是古城裡的五星飯店。大堂裡燭光搖曳著，華麗而無憂，就像回到了船上一樣。喝酒，吃火腿，然後音樂響起來，如流水一瀉而下，五月快樂著，腳在地上打著拍子，覺得生活再美滿不過。彈琴的是個中年義大利人，看上去閱歷豐富，又鎮定自如，不介意地表白著對自己的音樂的陶醉，很投入。有的客人似乎與他相熟，時時有人拿著酒杯，倚著鋼琴跟他說話，他一面彈琴，一面微笑，略側著臉當聽眾，明明是一心二用，看上去卻說不出的真誠。沒有人與他說話的時候，他就自彈自唱。

有個男孩子對五月特別有好感，喝了點酒就握著她的手，她覺得自己彷彿也要愛上他了。中間音樂停了一段時間，休息，彈琴的義大利人在酒吧拿了杯酒，走到他們邊上的桌子與客人說話，有說有笑，不亦樂乎，他們也不見得認識，五月這樣想著，因為好奇，側過臉去看。義大利人也看見她，微笑致意，便走到他們這一桌來，問是否喜歡他的音樂。於是舉桌的人都說好啊，接著說起話來。五月問義大利琴師是不是當地人，於是理所當然說起他的生平。原本住的是另外一個古老的村莊，少年離家，彈琴為生，在倫敦巴黎停留過，甚至去過香港新加坡，然後在中東就待了幾乎二十年，最後終於返故里——他的故鄉離這裡不過幾里地。

一直在彈琴？

是的。他回答。

一直在飯店彈琴？

是的。他回答。

五月覺得有意思，但不好開口問他私事，只好再問，一直住飯店，沒有家。

是的。他回答。

多說了幾遍是的，問答的人都變得笑意盈盈。

喂，那個，在中東，不怕不安全？五月喝口酒，手依舊被人握著，因為酒精的作用，言語也有點放肆。

這個啊。是五星，六星的飯店，本來就像自成一國，與民間疾苦無關。也許聽上去不像話，但人最擅長的不過是夾縫裡求生存，奢侈地圈一塊樂土出來，假裝什麼也沒有在發生著。

看過戰爭？

是的。義大利說。

年輕的小姐，義大利人直起身，似乎要結束談話了，他說，時間過得飛一樣地快。接著問，想聽什麼歌，我樂意為妳彈奏一曲。

五月覺得臉暖烘烘的，腦字裡面轉了千百個年頭，但卻只知道呵呵笑，卻不說出口，要聽哪一首。她身邊的男孩子笑著說，My Funny Valentine好不好？

義大利頷首，嘴彎成一個大大的笑容。

My Funny Valentine/ Sweet Comic Valentine / You Make Me Smile With My

Heart/ Your Looks Are Laughable... Don't Change A Hair For Me/ Not If You Care For Me / Stay Little Valentine Stay /Each Day Is Valentine's Day

我趣緻的情人／俏皮如畫的情人／你讓我由衷微笑／你看上去令人喜悅……不要為我作任何改變／不，如果你真的介意我／就這樣停留／每一天都是情人的節日。

歌唱完的時候，五月飛了一個吻遙遙到鋼琴的那邊，義大利含笑接住；那個男孩子則親了她的臉頰。空氣中淌著蜜。

第二天早上，五月醒來，天才亮了一點點。五月離開男孩子身邊，男孩子還沒醒。她走出飯店，直接往火車站去了。儘管惆悵，但是她未嘗不覺得有種瀟灑，而且早晨很美好。

她想，假使要流浪一輩子，也許自己不會介意，就像那個琴師一樣，少年離開，老大了再回去家鄉，有很多自由，也不用太負責任……也許吧……但回去家鄉要怎麼算呢……哪裡算家鄉……反正也不管了。

那一年，五月真的很快樂，那段旅程縱容了她的任性，充滿溫暖的愛意好像一直留了下來，讓她在後面的路上分外勇敢。因為沒有什麼需要操心的，提得起，放得下——就像什麼也沒有在發生著，世界很大，與她有關的常常是很小的一部分。

那樣快樂，到後來，她還是回到人世中來了，因為按照世俗的標準，似乎有更寬廣的人生等著她去追求，也就是普遍意義上的所謂的事業吧，她不能免俗。五月結束漫長的畢業生旅行，回到家。她的大部分朋友已經工作了一年，她與他們在紐約中城約見。工作一年大凡積了些埋怨，但個個看上去也是摩拳擦掌的，就讓她也動了心。這城市的車水馬龍的熱鬧闊別了一陣，看上去倒也親切。

幸好，經濟還沒有開始不景氣。履歷表發出去立刻有回音。五月托著頭想了好久，最後抵不住高薪的誘惑，進了投資銀行。他們似乎很缺人手，並不在乎資歷背景。決定以後，她自己也詫異，上班前一天睡不著，本來以為自己也許會散漫一輩子。

第二天，很新鮮有趣地蹬著高跟鞋上班去，從此進入資本市場的運作軌道。

從底層開始做起，像螺絲釘一樣，簡直像水到渠成，身不由己地就開始了另一個階段的人生。

因為工作的關係，她開始看華爾街時報，那一年，一九九八，她看見有關香港的報導，說房地產在瘋狂地下跌。五月想起前一年在游輪上自己擲地有聲地說的話，有點隔世的感覺，她想，那時自己真是小孩子。

然後，六年就過去了。五月做的還是同一行，只不過慢慢地得到升遷的機會，冉冉往階梯的上端走。自己也驚訝怎麼這麼有長性，但是任何事做久了都不易脫身，如影相隨，變成了自己的一部分，撕也撕不下來。

第七年，她被公司派往香港。

為什麼找我？初聽到這個消息，五月幾乎彈跳起來，因為沒有任何準備。

不好麼？這幾年，你做得不錯，公司也想獎勵你。中國業務忙，派你過去，正是升遷的好機會，而且在那裡，發展空間更大。你不是中國人嗎？

五月吸口氣，說，我不過是出生在香港而已，再說，那時的香港……

那不是很好。上司順水推舟，說，這不是像回家一樣，先去的正是香港，然後由你帶領，往中國開拓市場，不幾年就可以在北京上海打出天下，多好？口氣很得意。並且又說，多少人想去，到最後，我還是想把這個機會給你。

五月考慮了幾天，一開始挖空心思想找出一個婉拒的理由，到後來，突然對新的地方產生興趣，覺得換一個環境不是壞事。

於是，她便到了香港，站定腳跟，方才覺得像做了一個夢，她沒有想到自己會到這個城市來。不，不是回家，她對這個城市沒有記憶，之前，她甚至連中國也沒有去過一趟；回來一看，原來是這樣子的啊——工作很忙，連表示驚訝都沒有時間，對於一切意料中和意料外的彷彿在瞬間就習慣了，而且有很多人搶著告訴她在這個城市應當怎樣找樂子。

五月到香港的第一個星期去了蘭桂坊，熱烘烘的夏天晚上，她有種撕心裂肺的寂寞，想索性找一個人跟他回家去，打發了一個長夜也罷了。滿街俊男美女在喝酒聊天，她也笑靨如花。第一個跟她聊天的男孩子穿了一件黑T恤，三個釦子都沒扣，脖子上掛了一串銀色的鏈子，告訴她前一天晚上在同一家酒吧裡看見了明星，但五月不認識香港的明星們；第二個跟她聊天的男孩是荷蘭人，身量頎長，看上去也算誠懇，他的祖母是歐洲的貴族，五月想，是怎麼聊到他的祖母的呢，彷彿不過說了三句話而已；第三個男人年紀略大，替她叫了一杯酒，手很自然地搭在她肩上，後來順著她的背滑下來，五月轉身將酒杯放在吧檯上，剛好讓他的手自然地垂下來。他們都很帥，但到了後來，她覺得有點無聊，燈紅酒綠的，熱鬧好像到了頂了，心裡有什麼東西膨脹著，快要脹破了。

五月到香港的第二個月去了一趟澳門，直奔大三巴的骨董街，挑了一屋子的中式和東南亞風格的家具。家具都在中國廣東製造，可以直接運到香港。五月挑了一張大床，有四根柱子，很有殖民地風情，最好在亞熱帶夏天的薰風下掛上紗帳子，彷彿奢靡墮落又快活。付了錢，五月覺得相當痛快，有種熱辣辣的滿足。她的房子在半山，看得見維多利亞港，家具來了之後，她穿過一屋子的東方情調，覺得很趣怪，自己這個人彷彿也是借來的，一室幽幽的，彷彿滿腔的衷情和哀怨，她倒笑了，真是借東風——這是香港的外派人員間流行的事。

第四個月，五月第一次出差去北京，做一個民企上市的項目，那是個做網上遊戲的公司，要去美國納斯達克上市。她與客戶開會，公司有三個合夥人，年紀最大也不超過四十，看上去意氣風發。開完會出來，已經過了下班時間。五月乘電梯到寫字樓下面的商場去，這商場是京城首屈一指的消費場所，時尚雜誌裡的頂尖名牌早已經爭先恐後設立了專賣店，歌舞昇平一樣地熱鬧。

商場大堂裡，迎面走來一個女郎，第一眼，五月就覺得眼熟，然後擦肩而過，忍不住回頭，第二眼就覺得那是小伍，還不確定，但小伍看著她，過了幾秒鐘，說，是你，五月？語氣很高興。——果然是她。

小伍手裡拎著大大小小的購物袋，印著大大的字母，無非是那些名字，不過小五長得高，挺身長立，所以拎著一堆袋子，看上去也不累贅。她們倆嘻嘻笑著，也不急著說話，過得越久，五月越覺得小伍對她們的重逢真誠地高興著。

怎麼在這裡遇見。五月說。

小伍還未回答，後面就有人招呼她，五月回頭，一面聽見小伍介紹說，那是我先生。

走過來的人是剛才一起開會的年輕董事，公司的合夥人之一，所以五月一怔，然後笑著點頭招呼。小伍倒吃了一驚，眼光掃過他們倆的臉，說，原來已經碰見了。

他叫嚴朔。嚴朔只是笑著不接話。

五月站在客觀的立場看他們兩個，覺得是一對璧人。

嚴朔說，要不一起吃飯好了。小伍也說這樣好。五月則推辭，他們便也不堅持，三個人於是道別。走了幾步路，五月回頭，正看見小伍也在回首，便又擺手說再見。不過是三個人的見面，五月覺得好像經過了一場烈日下的嘉年華，四面八方都是樂聲鼓聲，煞有介事，彷彿經歷了一個大場面。

稍後，五月回想。小伍出現了，正像一齣戲開演時候。五月突然覺得有一種帷幕緩緩拉開的感覺，驀然地燈光刺眼，幾乎張不開眼睛，好像充滿戲劇性。怎麼會這樣呢？五月想起多年前與小伍欣然分手的那個夏天，她們不是應該從此互不相干，各走各的路嗎？再說，小伍不是說不再回來嗎？可見，一切是不一樣了。回來，大概也是一種往前走的方式吧，反正是不可能回到原地的。

好像這幾年的生活，都是為了跟小伍再相遇似的——五月有點悻悻地想，要不然，這樣勤勤懇懇工作，無非換到一個來中國的機會。不知道自己怎麼會有這樣帶著宿命性的想法呢，不過是偶然遇見一個朋友而已，這樣的感覺似乎太過分。不知不覺，這樣左思右想，待發覺，已經想得太多。

小伍好像在北京已經住了頗長一段時間，她對五月說，週末不要回香港，我帶你去玩？

以前小伍的待人接物似乎沒有這樣的熱情。不過，她倒不管五月是第一次來北京，帶五月去的全不是故宮長城北海香山這些旅遊的勝地，倒是一些看上去是她自己經常留連的消費場所。不知道這是因為小伍一貫的不太替人著想的漠然脾氣，還是真喜歡這些地方。不過，那些地方倒是真的有趣，充滿所謂的時代感，大多有很強烈的設計風格，有時夾雜一些東方元素，或者有中國式銳不可當的前衛，或者充滿歐陸情調，即使裝修樸素，也是刻意而為，用一群年輕人的口氣形容就是很酷。五月跟隨小伍，吃飯；喝茶；看畫廊，一面喝咖啡；再吃飯；一面喝酒……整天離不開吃吃喝喝，過了兩日，五月恍然回到了若干年前在游輪上度過的那段日子——那時候真是年輕，五月禁不住想。

那時候，我們真年輕。結果這話是小伍說了出來，她喝了些紅酒，兩頰恰到好處地有點緋紅，眼神卻相當淡定且深邃，但看上去好像剛好可以沉澱無窮無盡的欲望，不過有種特別的動人之處。

五月仔細看了她一眼，覺得這樣的神情有點眼熟，好像那年在游輪上，小伍就是這樣的。五月不覺一怔，猛然想到這些年流逝的歲月，突然無名由地有點感慨——這些年在工作上雖然順利，但生活也不見得時時是陽春三月，和風旭日——即便不是委屈求全，但與少年時的隨心所欲也是不能比的。她想小伍是這樣不相干的一個人，何以惹得自己這樣瞻前顧後起來，或者是因為那年的任性真的是自己歷史上劃時代的一頁，令自己戀戀不捨，不過都是過去了，跟所有其他曾經令人遺憾的事情一樣。

既然是過去的事，傷感不過一瞬。五月自嘲在忙碌的工蜂一般的生涯中，自己已經失卻了傷風悲月的權利。

小伍正托腮沉思，燈光下，指端每一枚指甲都端正一絲不苟，那淺貝殼紅不是指甲的本色，但是幾可亂真，花這麼多工夫也等於沒有顏色一樣。

五月問，明天做什麼？

第二天是週一，是正常的工作日。

小伍說，去香港。

五月一怔，問，要辦事？

倒沒什麼事。小伍這樣說，微笑中有點不好意思。但微笑持續地久了，讓人疑心這不好意思不是替她自己而發，而是對那所有對她提出類似疑問的人。

漸漸地，五月便也微笑了，想到再遇小伍時她手中大小的購物袋。原該如此，這就是小伍的生活了。她的心靜下來，有個聲音問她自己，可有一點羨慕小伍。

五月知道自己也不想知道答案，所以改問小伍，我過幾天也回去了？你待幾天。

小伍笑眯眯看住她，像要看到她靈魂深處去，然後，說，我在那邊等你吧。

五月點頭答應，但是心中突然覺得疑惑，這次，小伍的態度似乎過分隆重，那些神情，那些笑容，都過分全力以赴，遠遠超過她們過去的交情。

也許，她們只是都寂寞了。

五月望著桌子對面端坐的小伍。燈光下的小伍看上去像個精緻靈活的小瓷人，長袖善舞卻無用武之地，注意力也總是不夠集中。小伍突然說，在這裡，周圍都是廣袤的大陸，這樣腳踏實地卻不能教我習慣。還是去一個四周看得到海的地方吧……去香港，……隨便逛逛。然後她吃吃笑，說，我喜歡漂浮的感覺。

漂浮？五月重複這個詞語，將面前最後一小塊甜點用叉子送入口中。巧克力蛋糕的味道濃重近乎苦澀，但正是五月喜歡的。

五月回到香港的時候，卻沒有見成小伍。她們通了電話，小伍在那頭說，不巧，這次沒有時間了，下次再找你。反正來香港方便得很。口氣又恢復了原先的漠然，似乎一面打電話，一面三心二意想著別的事。

五月不介意，覺得這才是小伍本來的樣子。春風滿面熱情的小伍倒讓人不習慣，像一臺脫離現實的舞臺劇。

過了幾週，小伍在一個週五的下午打電話給五月，問，晚上來跳探戈吧。

五月正在專注著看一個文件，接了數個公事上十萬火急的電話，這回又舉起話筒，口中說著哈囉，並沒有辨清電話那端是誰，驀然聽到這樣一個靜靜的聲音，說著與眼前生活毫不相干的事，嚇了一跳，以為對方打錯了線，便不確定地喂了一聲。小伍於是說，是我，小伍。

五月問，咦，什麼時候來的。

小伍說，我根本沒有走。

嗯？五月想，這是怎麼一回事？前兩週在北京開會，遇見嚴朔，散了會，也應酬吃飯，說些無關工作的話題，旁人開場面玩笑的時候，他也笑得很開心隨意，五月問他，小伍怎麼不來。他只說，她有事。問他，小伍可要再來香港。也沒有聽他提起她根本就在那裡。

晚上，五月按照小伍說的地址去找她，在半山自動扶梯附近。扶梯自市中心皇后大道開始扶搖而上，穿過依山而建的城市的各種熱鬧，也把行人送到半山的住宅區去。扶梯旁邊的小路自然也都是建在斜坡上，五月穿高跟鞋爬了一小段斜坡，差點扭到腳，然後便聽到探戈的音樂。她抬頭看目的地，那裡的門大開著，瀉出溫暖的金色的滿室光輝。阿根廷探戈的音樂聽上去有點揪心，那樣急促，彷彿正在失卻最後的耐心。五月站在門口時，看到正跳舞的小伍，她正跟舞伴在音樂中難分難解地糾纏，欲擒故縱那樣難爭高低。漸漸地，旁的跳舞的人都停下來，看他們跳。小伍的身段那樣柔軟，讓五月對自己生疏的技藝覺得慚愧，她看著眼前的小伍，覺得當年的少女小伍已經脫胎換骨，眼前以風華絕代架勢出現的女郎是另一個人。

那是間餐廳，桌椅被推到牆邊，房間最深處是酒吧，吧檯後面一個人趴在吧檯上津津有味看著這場舞，或者是跳舞的人。五月注意到他是因為小伍的眼神，那熱辣辣的眼神瞟過去，被同樣熱辣辣的眼神滴水不漏地接住。五月像聽到砰一聲，看到電線短路迸出的火花，大大地吃了一驚，同時從這滿室溫暖色的光中猛地醒來。但是醒來的只有她一個人，於是她狐疑地看眼前的一切，彷彿又滑入一個夢境之中。

小伍拉住她的手，穿過重新開始跳舞的人群，走到後面去，五月聽小伍將叫做羅伯特的餐館主人介紹給她。五月心不在焉，想，那是誰呢？

然而羅伯特卻說，不記得我了？

五月疑惑地看著他，根本想不起來。

小伍聳聳肩，說，她忘了。然後悻悻地像自言自語，說，她什麼都不記得呢。

羅伯特一點也不以為忤，笑瞇瞇好脾氣地提示，說，那年的游輪。

五月再打量他，依舊記不得。

小伍倒笑了，說，她心中沒有我們這些人，所以記不得。

五月很不好意思。

羅伯特解圍說，也難怪。我跟五月沒說過幾句話。

五月這時突然想起來，說，是你？我們在希臘一個小島上，一起走回到船上去的。

小伍卻說，有這一層？我倒不知道。說話的時候，她斜睨羅伯特一眼。五月看了不知道為什麼覺得自己的臉或耳朵熱辣辣的，觸目驚心似的。

小伍意味深長看五月一眼，熟門熟路繞到吧檯後面，自己倒了一杯酒，從他們身邊穿過，走到跳舞的人群中，高舉手中的杯子，在舞池的中央，像女王一般自如。五月說，那年在那家小酒館，小伍也在跳舞，好像還站在桌子上。小伍跳舞，一直讓人覺得好看，因為她自己盡興。

她只是跳舞的時候看上去才稍微認真一點。羅伯特這樣說。

五月覺得困惑，這些與她有什麼相干，為什麼小伍要強拉她進這個局？難道她是想讓自己當一次傳聲筒，傳給嚴朔聽，但自己當然沒有這種興趣和義務。不過，也許只是自己多心了。

她接過羅伯特遞過來的一杯酒，裝在高腳杯中的紅酒，五月覺得味道不錯，但喝不出出處，既不淡也不濃，不會讓人念念不忘，但也不會失望。羅伯特說，智利的紅酒。新世界的酒，最近找到這一支，味道不錯吧，遠遠高過期望值。到我這個年紀，有什麼事是高過期望值，就使我滿意了。

五月看他一眼，說，你還住在香港？

是的。他回答。我說的沒錯吧，到最後，大家還是都跑到香港來了吧。

五月看著他，突然有點不耐煩，一副那又如何的表情。

羅伯特倒哈哈笑了，說，小伍也不喜歡我說這樣的話。她不喜歡被宿命牽著鼻子走，她覺得只有她自己才有資格左右自己命運。但是，你看，事實，就是事實……我還是很高興再次遇見小伍……還有你。

五月突然嘆氣，說，我不確定這是不是一件好事。他們同時看著又開始跳舞的小伍。五月輕輕說，你比她大很多。

這是問題嗎？

她現在已經是有家室的人。

羅伯特說，他們不相愛。

你怎麼知道。

羅伯特不說話，朝跳舞的小伍努努嘴。小伍跳著跳著，被人群擋住。五月只看見天花板上垂下兩只玻璃大燈，木地板有的地方已經發白，牆上是各種各樣的黑白的風景照片，主題可以籠統歸類成這個世界的不同的角落，不知道是不是主人自己的手筆。

羅伯特看到她注意那些照片，輕輕地說，都是這些年走過的地方。

走了那麼多地方，怎麼偏偏留在這裡？

因為在這裡漸漸已經沒有人問我從哪裡來。而在任何別的地方，我都像一個遊客。況且，再沒有別的地方能夠滿足我既要東方情調，又要西化生活態度和方便的要求。而你們，不正是這樣，夾在兩重文化之間，如何可能不會經過這個城市？

像開玩笑一樣，他說，所以，我就待在這裡等小伍。

那語氣太不像頂真的，所以五月聳聳肩，隨口說，等了那麼多年？

羅伯特笑笑說，是的，等得我都老了。不過，大概那個時候，在你們眼裡，我早已經是個老人了。

五月隱約記起，可不是，印象中似乎他被歸為某個中年人一類，但事實上，也許只不過是因為那時年輕嘴上不饒人，她笑一笑說，這麼多年，我們都已經長了年紀了。

羅伯特幫她添酒，說，你們都不是小女孩了。

五月喝了點酒，身體似乎要鬆弛下來，但這一個星期的疲勞卻似乎正等著身體不設防的時候要乘虛而入，所以突然覺得相當累，也沒有要跳舞的心思，羅伯特的話裡即便有機鋒，她也懶於應付，所以站了一會兒，便告辭，放下酒杯。走到門外，小伍追出來，拉住她，似乎有很多話要說。五月靜靜看著她，小伍掏出一支菸來，找旁邊的人點上，與五月站在斜斜向下的臺階上。

時光是一忽兒過去的。五月這樣想。那年夏天，她與小伍走在希臘小島的石板路上，石板路也斜斜向上。天空明淨，心裡也沒什麼塵埃。

五月想，小伍開口會說什麼呢？不知道是什麼把她們的距離拉得很近，在這樣一個空氣濕漉而且悶熱的夏夜。

小伍只說了一句話，她說，記得嚴朔嗎？那年他也在那趟船上。五月驚異地看著小伍，等她打開蓋子，揭開謎底。小伍卻不說下去了，只多說了兩個字，人生……

五月想，的確，還有什麼需要多說的呢？

五月在香港也碰到過嚴朔，在那個探戈夏夜之後不久，她走過半山賣糖水的一處大排檔。這家大排檔被許多旅遊書列為香港必遊的名勝之一，嚴朔與他的小女友正好在那慕名前來的遊客之中。長髮的女孩子用塑料勺子舀了滿滿一勺子要遞到嚴朔口中，卻因為接收方配合不好，全灑在衣襟上——正因為五月抿著笑自他們身邊走過，一派目不斜視，自然是因為不想打招呼，但眼睛餘光當中，看到一個大紅臉。五月也沒有往心裡去，只是想，那兩個人，都瘋了不成，好好的日子不過。看來是沒有救了。

再下一次，例行公事應酬，開完會吃飯，中途五月離開包廂，才拐一個彎，正好見嚴朔打完一個電話收線，將手機拿在手裡。只有兩個人，五月想起前幾天的偶遇，自己不覺什麼，但怕他尷尬，點頭招呼，正想擦肩而過，嚴朔卻清清嗓子，欲言又止，有話要說。五月只好停下來。嚴朔道，那天……

五月說，哪天？

嚴朔便笑了，說，我和小伍之間的問題不是一天兩天了。不能算是我負她……你知道的……

五月咦一聲，笑道，你不用向我交代呀。

嚴朔聽到她這樣講，臉色像紅了，又馬上白了，似乎自己也吃了一驚，有點尷尬，不自覺地有吞嚥的動作，再開口，聲音有點乾澀地說，但是，我介意你的看法。

輪到五月吃驚，訕訕地說，這是打哪裡說起。有服務生托著裝食物的大盤子側身從他們身邊走過，幾盤菜炒得濃濃豔豔的，華麗得讓人心虛。五月探頭看一眼，叫不出菜的名字，看它們這樣熱熱鬧鬧地被端出去，左右也很快會到終席的時候，一盤子狼藉——五月這樣想，是因為避免眼前的局面，最好把不想聽的話題繞過去，但是嚴朔沒有這樣的意思。

嚴朔說，那年在船上——不知道你記不記得，我在你們的那趟船上——我犯了兩個錯，第一個錯，沒有當面向你介紹我自己。第二個錯，我向人打聽你的聯絡方式，說了你的中文名字五月，而不是MAY，別人誤會是小伍，把她的電話地址給了我。

哦。五月彷彿迎頭被人打了一棒，像說天方夜譚，但是要努力維持表面的清醒，不動聲色，不過頭腦中像有個大鐘，左右搖擺，轟鳴，好不容易終於能夠集中精神，等他把說下去。嚴朔卻在等她的反應。

你也在船上？五月只好用不相信的口氣問，皺著眉，像走在迷霧之中，如果伸出自己的手，恐怕也不太看得分明。

是的。嚴朔將身體重心從這個腳移到那個腳，像打定了主意，非一吐為快不可，所以變得非常鎮定，道，那年我的公司剛起步，得到第一筆資金的注入，諸事順暢。歡喜得不知道如何是好，也沒有女朋友，所以跟合夥人一起跑到愛琴海上去了。

船上沒有別的中國人，所以你看到中國的女孩子就覺得好，那也是有的。五月吐出一口氣，並且輕笑，想把整件事變成一個無足輕重的玩笑。

嚴朔像沒有聽到她的話，只是一味堅持，說，不是的，那時的你不一樣。

哦？那我一定是變得太多了。照鏡子，有時自己也要不認識了。五月打趣。

嚴朔突然在瞬間打算瓦解自己，用手捂住臉，聲音有點嗚咽，說，太遲了。五月驀然也無名由覺得心酸，不是為自己——就像看一齣觸景生情的電影，心底黯然——但是做什麼，說什麼都不合適，只是默然地站立著。

又有服務生從他們之間穿過，並且好奇地打量，他們側身讓道，這個動作救了他們。嚴朔的手放下來的時候，已經恢復常態。他說，也沒什麼，只是我的人生好像多走了一大段的彎路而已。

五月輕輕說，怎麼好說是彎路呢？

嚴朔一怔，想一想，點頭，說，你說得也沒錯。只是，我的運氣不好。小伍的運氣也不好。

在另一個同事出現在拐角處，向他們張望的時候。五月和嚴朔很有默契地先後回到熱鬧的飯局上。

想起過去，說起過去，只花了幾分鐘的時間。僅此而已。

那天晚上，在旅館的房間裡，五月沒有睡意，從房間的小酒櫃隨便找了一瓶酒打開，加冰塊，大口地喝下去。她站在落地窗前，看腳下的城市，下面就是人間。大馬路上的車一邊疾駛著，迅速往遠方去；另一邊正堵上了，紅紅的一串車燈像要延伸到天涯海角。五月突然覺得心酸得不行，淚珠一串串落下來，像初夏的第一場陣雨，來勢凶猛。一開始是因為嚴朔的話，但那畢竟更像是與自己不相干的都市傳說，就當是看一本煽情的小說，禮節性地掉下不傷元氣的眼淚，不過，後來是因為想到這些年自己的一些事，那些以為已經無關緊要的委屈，變得痛徹心扉，連彎下腰去也不能止住那麼深的痛。五月想，這是怎麼了？竟然像有這麼多的怨恨不平了，人生怎麼好像這樣的千瘡百孔，而一直以來，她都以為自己是幸運而樂觀的人。

於是，她痛痛快快地哭了一場。

過幾個月，業內盛傳嚴朔離婚的消息，不過似乎沒有太多糾紛，很快新聞就偃旗息鼓變成舊聞。不過，也有人說，真正的狠，就像小伍這樣，心甘情願讓人分給她大筆財產。

嚴朔說，公司要上市。我不想把時間浪費在這些瑣事上。

五月說到這句話，一點表情也無，但是回頭忍不住為小伍覺得心酸。在他眼中，如今那一切都只是瑣事而已，他不過想早早求個了斷，但是，誰又能否認這不失為一個好結局？所以一切好似嚼蠟，無味得很。

而那年船上所有的事或情感，經過多年，都不過是瑣碎的往事了吧。她對於他而言，在那個時刻，她只是剛好在那裡而已；但是事過境遷，沒有什麼是不可替代的。

那一年，許多公司上市，也有許多上市公司老闆離婚。

不久，在一個慈善晚宴上，五月遇見嚴朔。他與一個長髮的女孩子坐在一起。到了跳舞的時間，那兩個人看上去有點無聊。嚴朔在看手機，似乎在接收郵件。女孩子用指甲在玻璃杯上輕輕打著節拍。五月走過去打招呼，問，怎麼不跳舞？

女孩子呶呶嘴，指向嚴朔，說，他不會跳舞。

五月覺得意外，眼皮一閃，正看見嚴朔望過來的眼神。五月說，原來你不會跳舞。

嚴朔點頭說正是。

五月差點脫口而出，但到底忍住了。她想說，小伍是個多麼喜歡跳舞的人。但是轉念之間，她微笑，開口，只是說，我也已經很久沒有跳舞了。過去的都生疏了。

果然如此。嚴朔說，像答非所問，但像那樣場合說的話，誰又會真的仔細推敲琢磨。

五月也想找機會對小伍真誠地說，那所有的來龍去脈，她根本不介意。一切跟她本不相干。

但是無數事務阻隔了她與她見面，說這句話。

漸漸，五月放棄這個想法。她們倆其實一開始就互不相欠。

不久，五月又升職。嚴朔的公司在香港順利上市。

那天，小伍也在香港。她剛跟律師通過電話，確認各種財務細節，因此心情很篤定。鎮定，卻也淡淡地孤單著。她從半山的自動扶梯邊的小路往下走，要去中環。一路走下去，羅伯特的餐館還沒有開門，他正在小伍離開的那老公寓裡準備停當了，要出門過來，而那些敞開門的小餐館或者酒吧飄出不同的音樂，寂寞的爵士樂手自言自語著，好像在一個寂寥的星球上；上一個世紀的時代曲有種生生世世癡纏下去的狠勁，只是那歌手過了這麼多年大概早放棄了當初的心情；竟然也有叮叮噹噹的希臘音樂，吵吵鬧鬧卻像箭一樣射中要旁若無人地走路的小伍的心的中央位置，讓她的鼻梁一酸。

那年在愛琴海上，她沒有想到多年以後會是這樣一個了局，但是當然誰也不會承認這是一個結局，往後的時間還長著呢。

周圍人來人往，像這個城市任何時候的狀態，所有人都不能幸免的狀態，匆忙行走，披星戴月，漸漸身上也沾滿灰塵，失去各種興致。

小伍一步步走在臺階上，這些年，也許只有她沒有忘記跳舞，只是總少了彈琴唱歌的那個人。

可是，那一年，嚴朔打電話給她的時候，她是什麼都相信的，而且無畏。彈琴唱歌跳舞，曾經她以為她一個人就能一肩挑起。

距離一九九七年，十五年過去了。羅伯特在這個城市居然已經住了三十年。是的，香港，如同那年的船，正是又一片漂浮在海上的大陸。

在這裡，彈琴唱歌跳舞，時間彈指過，對於小伍來說，這只是雕蟲小技而已。

# 像長頸鹿一樣跳舞

小厥在動物園看見了長頸鹿，在濛濛細雨之中。長頸鹿以優雅的姿態沉默地穿過草地。小厥看了很久，然後，撐著傘，安靜地離開，穿過雨幕，回到熙攘的城市人群中。她依舊想著長頸鹿伸長脖子慢慢自彼此身邊走過的樣子，如同一場充滿默契的舞蹈，進場，離場，毋須言語，只要姿態無懈可擊。這幾乎就是他的姿態，她記得他跳舞時候的樣子，身子筆直，下巴略仰起，在音樂中天衣無縫地滑向任何一個方向。但是，如果在人群中遇見他，他想必也是如此。這麼多年之後，是不是仍舊這樣？她再次想到草地上慢慢優雅走過的長頸鹿，在相互交錯的瞬間迸發出和諧之光，然而那不緊不慢的步伐永遠不會改變，一步一步，從彼此身邊離開，繼續，直到穿過整塊草地，到了整個人生的邊緣。像長頸鹿一樣跳舞，她腦子裡出現這個句子的時候，猶豫了一下，不知道是不是應當覺得悲涼。

小厥坐車回到城市中心的時候，雨已經停了。南中國夏天的雨說走就走，天空突然晴朗得不像真的。她心裡長頸鹿的影像揮之不去，優雅而固執地朝著某個方向走，偶爾回首，眼神好像溫柔，但是什麼也不能讓他停下來，與停不下來的時光一樣，不過逆向而行。於是，過去的事就沒有辦法不想起來了。

另一段時光，另一個地方的事。

若干年前，那時，她還太小，對於愛有無數的憧憬，對於人生也有無數的任性；而他和她都已經不是少年了，理應習慣了人生的疲倦，把憧憬埋在心裡。但是，人生是沒有辦法周詳計劃的。他們之間都是因為一支舞而相識的吧，被跳舞時候舞步裡的默契打動。在一座熱鬧而廣漠的大城市，這多少讓人覺得歡愉。大都市裡，車水馬龍，一時花好月圓，一時陰雲密布，人們忙碌地來來去去，許多事情一瞬間就變成了過去。年華似水，友情或者愛情都翩翩走過。直到許多年後，小厥才似乎明白了那年的那些事。

人生有點寂寞，從一開始，就如此了。

小厥是以天才少年的身分進入大學的，然而畢業的時候，她把那個光環自己摘下來，擲在地上，不甚留戀。她想是時候過一種不一樣的人生了，做一個平常的人，像所有別的看上去快樂的人們一樣，因為她覺得任何一個人的人生看上去都比她的要多姿活潑。上班的時候，她刻意地隱瞞了自己的年齡，所以同事們只是以為她看上去比較小。她在華爾街金融機構做精算，薪水以她的年紀來說高得有點嚇人，因為她做的跟周圍要逐漸步入中年，頭頂開始變得稀薄的專業人士沒有什麼兩樣。不過，可想而知，她與所謂的同事們除了公事沒有太多的話題可以談。她有時懷疑同事並非不知道她的年齡，只是漠不關心而已。辦公樓裡充滿了滿腹心事的中年人，按部就班地升學畢業工作，漸漸子女開始進入學校，同時房屋貸款還在償還之中，同一部門的升遷職位不夠多，新的項目三天後就要上交，子女學校的年度表演也在同一天，突然之間股市變動厲害，江湖莫名其妙湧現關於所在機構要被兼併的傳言，各種小煩惱如空氣中的黴塵無窮無盡，比如早上匆忙間找不到乾淨合適的領帶，襯衫的袖釦也不翼而飛……每一天都是相同的一天，所以恐怕誰也沒有心情過問隔壁辦公室少女的心情，她似乎又一次走錯了地方。

小厥意識到自己的獨立自主也沒有帶來她想要的自由，也許選擇是錯的，她的生活圈子只可以供她正常呼吸，卻無多餘的歡愉。她厭倦過去的生活模式，無盡無涯地證明她的天才身分，當然那樣的選擇她可以抱怨是父母強加給她的，這次則是她自己的堅持；她父母仍舊在生氣，一句話也不說，但認定為她放棄繼續升學念博士是個錯誤，只等著她自己來承認這個錯，她當然不能。錯，也要昂然地錯下去。她現在一個人住在曼哈頓，遠離紐澤西的父母。公寓在下城，是建於八〇年代的漂亮整齊大樓，維護得相當好，與大多數專業人士選擇的大樓一樣，樓下大堂寬敞明亮，四季插著花，門衛穿制服，認得樓中所有的住客。按電梯到自己的樓層，穿過走道打開門，就是自己的空間，像一個不大不小的盒子，中規中矩，然而沒什麼好抱怨的。這個城市喧譁的聲音從窗子裡傳來，她喜歡俯窗看外面。像她這樣的年紀，別的少年剛剛進入大學，一樣也是剛剛獲得自由。但她怎麼能跟那些小毛孩比呢，小厥這樣想，至少她有實力可以真正支配自己的人生了。她百無聊賴在超市購物的時候，拿了一份《村聲》，看見跳舞教室的廣告，就決定去看看。那時，城市正流行跳Swing、Salsa這些熱鬧快樂俏皮的舞，她從來沒有跳過。

小厥就是在那裡碰到了他。

他會跳Swing，而且跳得很好，別人跳搖擺舞的時候跳得像有一種潑皮式的淋漓盡致的快活，但是他卻刻意拿捏著分寸，有點嘲笑這種快活似的——彷彿身首異處，身體與音樂以極快的節奏共舞，靈魂卻在頭頂俯瞰，所以挺直的背和笑容裡有種矜持，不過不惹人討厭——他可以帶舞伴做出各種高難度動作，把別人的快樂玩轉在股掌之間。不過大多數時候，他似乎喜歡跳那些傳統的標準社交舞，探戈，華爾茲，無數個華麗轉身。小厤注意到他，起初好奇，她以為沒有人跳那些傳統的舞了，她自己不是來學Swing的嗎？他有個固定的舞伴，一起跳華爾茲或探戈，那是個瘦削優雅如赫本的女子，皮膚蒼白，嘴唇抿起來的時候，她的沉默看上去不可侵犯，好像那嘴巴並不是用來說話的。小厤覺得她年紀似乎比他大得多，但是他們的舞姿卻相當好看，她有點驚訝那份和諧從何而來。不管怎麼說，他是個好舞伴。後來她也學維也納華爾茲。跳舞教室不單純只學舞蹈，更像一個緊密的小社團，課上完，音樂繼續，現成就是一個舞場子，派對繼續熱鬧下去，來來去去彼此間就熟悉了，即便叫不出名字。

應該是她先看見他，但他後來說他早就注意到她了，不管如何先開口的是他，他問她要不要跳舞。那自然好，因為人人知道他是那麼出色的一個舞伴。那天，下課之後，她沒有走，看別人跳，因為沒有舞伴，所以只是觀望。他站在她面前，站得很直，是準備開始第一步舞的姿態，她記得他看著她，臉上有一個彷佛發現奇蹟的笑容，她心裡則因為被看見瞬間開出花來。到今天，他的樣貌稍微地被距離遙遠的時空沖淡模糊了，但是那個笑容仍深深印在記憶裡，那種久違的被注視的感覺，使她溫暖起來。那天跳的是Swing，像她這樣年紀小，當然喜歡這樣明快的節奏，手搖擺，身體搖擺，非常暢快，他看著她的興高采烈，舞步變得更迅速，她極快地感覺他手的接觸，腰部被推出去，下一秒已經開始旋轉，在要飛出去那一刻被拉回來，簡直驚駭。以為已經告一個段落，卻一起跳躍起來，蹦起來，他一直看著她，不管在哪一個方向，像是俯視，含著縱容的笑。但她不介意，即便不看他，她也感覺到那目光的存在，跳著跳著，她開始喜歡這個遊戲。一切這才開始。他們棋逢對手。其實她一點也不熟悉舞步，但是他領舞領得好，她心領神會，儼然也成了高手。

就在那個時候，她開始樂在其中，不久，明媚阿姨也來到了紐約。

明媚阿姨其實是她父母的朋友，但是明媚阿姨跟她父母並沒有共同語言。兩家剛認識不久，明媚就離婚了，小厥的父母起初還抱著替她在華人圈子裡留心合適的單身男士的心思，但很快放棄，且明言小厥也不適合與她交往。

但小厥喜歡明媚。明媚與她父母全然不同，她代表的與所有她父母代表的，剛剛相反。小厥父母對明媚的評語很簡單，就是：簡直一塌糊塗。

小厥喜歡明媚因為明媚不把她當天才看，只當她是個小女孩子。第一次看見明媚，明媚一頭波浪卷髮，臉尖尖的，眼睛水汪汪，典型的美女樣貌和神態。她攬住小厥，說這個女孩子怎麼那麼好看。小厥的父母不太樂意，因為通常人們總是說，了不得，這個女孩子那麼小就已經要升大學了，前途無量。小厥很享受違背父母意旨的快樂，所以立刻親近明媚。當時，她父母已經不悅，後來清楚明媚為人之後幾乎沒有被嚇得仰天跌一跤。他們吞吞吐吐暗示小厥不可跟她走得太近，以免……其中關鍵他們卻又覺得難以啟齒，說不清楚。小厥既然是天才，卻不是純粹的對生活一無所知，在生活上也不笨，她當然知道是怎麼一回事，但是她不介意。

早在她父母發出警告之前，明媚帶她去過一趟紐約，她只跟小厥的父母籠統地說帶小厥去玩。他父母以為不過是去看看博物館，到中國城吃一頓飯，沒有什麼需要反對的理由。她們從紐澤西出發，坐一個小時火車到曼哈頓。明媚的朋友住在中央公園西面，複式公寓俯視綠油油的公園。那是個混血男子，大力擁抱明媚，叫她明明。屋子很大，家具很少，客廳兩張大沙發，飯廳一張巨大的原木色桌子，倒有兩盞巨大的水晶燈，不可例外地讓人一陣目眩，壓倒性地掃清了一些寂寞，別的裝飾就只有窗外的風景。沒有別的客人，叫做John的男子說，我只想見你，把派對取消了。明媚笑一笑，讓人懷疑她是不是根本沒有聽進去。那個空曠的大屋子裡說什麼話也沒有力量，一轉眼就煙消雲散。小厥突然想，不知道臥室裡會有什麼家具，難道只有一張床，或者連床也沒有，光只有一張墊子。

小厥那時根本還是個孩子，她坐大木桌中間，John和明媚各坐一端。下面的中央公園正對她，太大，太綠，驀一看有種震懾，水晶燈不知道為什麼開著，光影隱隱在大玻璃窗上顯現，消失在層層疊疊的綠色中。John作廚師，做塔塔吞拿魚沙拉，奶油澆白蘆筍，松露餡的義大利餃子，還有烤小羊膝，甜點是提拉米蘇，認真地討好客人。明媚看上去很自在，閒閒聊天，像看不見那個男子的焦慮。對，小厥很敏銳，她感覺到John無法明言的焦急，看上去像亂了陣腳。一場戰爭，毫無硝煙，也沒有開始，就已經結束了。

小厥全然聽不到他們在說什麼，只為自己的發現得意而興奮著，一面享受對她來說的全新的菜單。生活除了她的世界之外，原來有許多不同的可能。什麼可能？她也說不上來，但肯定不是那種需要時刻證明自己是天才的生活。

回去的路上，她問明媚，你為什麼不喜歡他？

明媚一點也不驚訝，像跟大人討論一樣，問，我為什麼應當喜歡他？

小厥想一想，說，他對你很好，為你燒菜。

明媚嘴角露出笑意，說，這固然不錯。他們想對你好的時候，如果碰巧燒菜比較拿手，露一手，也沒有什麼。

那還要怎麼樣？

明媚想一想，說，也沒有要怎麼樣。

小厥控制不住好奇，問，他是誰，做什麼的？

明媚說，他是個藝術家。

小厥還想問什麼，但明媚口氣太平淡，沖走了她的好奇心。

她似乎嘆口氣，但小厥疑心自己說錯了。那時，明媚剛離婚，小厥想明媚不愁寂寞，但是偏偏看上去又有點寂寞。她突然想起，自己父母要替明媚介紹的那些所謂的適齡的單身男子，就不覺笑了出來，她知道他們要白忙一場了。

明媚沒有問她笑什麼，也笑一笑，攬住她，小厥喜歡這種親密的感覺，像共享一個祕密。她的世界一向邏輯太強，缺乏刺激。

漸漸就有傳言，說明媚是某人的情人，傳言之間人人顯得震驚，扼腕嘆息，一面作不信狀，假意澄清，同時興奮著，但過不久，又有更令人震驚的八卦，明媚的情人原來不是他，卻是他，熱鬧堪比明星的八卦。小厥想，這有什麼關係，總有一個他吧，或者他們，但同時，她也忙起來，一恍惚間，在各種煩惱中，中學畢業，大學畢業她與父母種種或明或暗的抗爭中，最不重要的大概就是是否與明媚繼續交往，因此，她們幾乎順其自然地斷了聯繫。

明媚重新來找她，她們已經都在紐約了。小厥長大了，明媚還寶刀未老。

那時候，小厥覺得跳舞不賴，他與她也漸漸熟悉起來。小厥像一隻在叢林中寂寞尋找玩伴的小獸，終於找到了目標，這是一場新的遊戲。往常，不論工作和學習，她從來都駕輕就熟，所以在這個新的領域，她以精神抖擻的探索精神，也準備拿滿分。她還沒有輸過。

她第一次到他的家，是一個黃昏。他是建築師，領著她自一幢舊樓樓梯拾級而上，她一面笑，一面駭異，因為從來沒有到過這樣的地方，處在舊世界和新世界的邊緣，隔幾條路就是時尚昂貴的SOHO，另一邊則是一條以流浪漢天堂著稱的破敗馬路，還沒有被歸入城市更新計劃，流浪漢快樂起來也會大聲歌唱。再過幾年，所有這些破敗街區都被重整，甚至超越中產化，價格直接與SOHO看齊，但那是另外一回事。他們踢踢踏踏到達頂樓，穿過似乎超過一個世紀沒有修整過的破敗樓層，木梯子也嘎嘎作響，後來打開他那扇門，則出現一個嶄新的世界，玻璃窗外甚至是碧藍的白雲天。她看到對街的窗戶後面影影綽綽地有一個裸男的影子，伸了個懶腰，小厮差點笑岔了氣。她喜歡這樣的對比，她甚至不介意打開潘朵拉的盒子，只要出現的是她不熟悉的另外一個世界，夠刺激就好。

她看到他幾年前的照片，金髮的青年，派對上的照片，樣貌和作風都跟普通美國年輕人毫無二致，她懷疑那時候碰見他，眼睛都不會停留一下。不過出於某種原因，他身上有一些東西似乎昇華，現在的他，不一樣了，略年長，那種呱啦呱啦的輕浮被吹掉了，而且也毫不留戀地把頭髮盡數剃去——大概是因為深明頭型好看——身材纖瘦，有一種藝術家的氣質，脆弱而剛強的，使他走過的時候，出現一種屬於男性的扎扎實實的優雅，那份氣質與他原先的金髮並不能相稱。小厥暗自想，第一次剃去頭髮的時候，如果發現頭型根本不好看，那要怎麼辦呢？然後就嘰嘰咕咕地笑，讓他不明所以。這些古怪的想法都是少女被寵愛的時候汩汩不斷冒出來，自娛而不娛人。

屋子是他自一個年長的親戚手裡繼承過來，然後自己裝修設計，便從紐約上州搬來，開始城市生活，時間一晃就過去了。他本來以為她只是看上去年少，後來聽她簡略說起前因後果，大吃一驚，鎮定下來，覺得幸好她已經成年，然後，哈哈笑起來，說這是生平第一次碰見天才。

小厥並不覺得這有趣，露出明顯的不悅，他雖然不明白，但也不追究，以為無關緊要。

屋子被他改造成類似複式的越層設計，當然比起若干年前小厥去的那個中央公園西的巨型單位，格局要小得多，設計簡約但精緻，所有一個家需要的家居用度一概不缺，錯落有致，有的隱藏在適當的地方——他還自己設計家具——需要的時候抬手就可以取得，連廚房的砧板也與洗水池設計成一體，有趣的機關，翻轉折疊，連清潔也容易，而且木頭砧板的原木紋理看上去相當漂亮，簡直令人心悅誠服。

他叫了日本料理店的外賣，然後用漂亮的瓷盆子裝起來，把粉紅的薑和翠綠芥末點綴在壽司旁邊，盤子邊上還刻了條青色小魚，味噌湯裝在木碗裡，面前的小盤子裡刻的是幾張浮萍，筷子擱在筷架上，像一塊圓潤淡青色的卵石。他們在廚房邊的小桌子面對面用餐。她不覺為自己在生活細節上的粗魯覺得慚愧，平時叫了外賣就著餐盒吃，一面看電視，或者上網隨便瀏覽，三兩下解決一餐，走到廚房把餐盒扔進垃圾桶，走回來，在公寓裡走一圈，四周方方正正。她不禁感歎，我住的那個公寓像一個小盒子。

他說，我這個也是個小盒子。

小厥很少主動讚美，但她說，這個有趣得多。

他當然並非沒有非分之想，不過小厥在這方面像是心智比較弱，並非猶豫，而是真的不動心，這當真假裝不來。有幾次時光旖旎，剛有更親密一點舉動的跡象，小厥便咯咯笑不停，既不抗拒，也不能動心，彷彿那是孩童間的遊戲，令他進退都尷尬。他苦口婆心問小厥，是不是太緊張，小厥顧左右而言他，最後他簡直有點生氣，既然連兩情相悅的事都不能讓她輕鬆下來，那真的大概是毫無別的辦法了。小厥鎮定而舒服地蜷在他的沙發上，一點也不介意。他攤開手，決定放棄。不過小厥又不願意放手，彷彿真的很喜歡膩著他，無事就喜歡去他那裡，下班路上想起來，下雨天，飄雪天，太高興，或者悶悶不樂，聊天，看書，發呆，有時一句話也不說，就又走了。他這樣地陪她玩了一陣，有點起膩，或者他也辨識不了這種複雜的心情，對著她，他覺得棘手，或者他是被她那個天才的頭銜嚇住了，沒有辦法放手施展他一貫的魅力和戀愛的手段。他沒有對付天才的經驗，他這樣告訴自己，彷彿自欺欺人。

有一天，他問她要不要去上州郊外的小房子小住，那是個農場邊上小屋子，一派田園風味。他以為換一個遠離城市塵囂的環境，也許對他們都好，但是她很猶豫，期期艾艾地說，整個週末？只有我們兩個？

附近有我極好的幾個朋友，從小認識，我們也可以約他們。他這樣說。

她似乎覺得更加不妥，沒有準備好要參加他的社交圈子。

為什麼？他問。

你不覺得年紀不對嗎？你的朋友年紀都這樣大了，我怎麼與他們交流？想不出可以跟他們做什麼。小厥不知道是有意，還是無意，相當殘酷地這樣說。

這讓他幾乎從越層樓板上翻下來，起初覺得好笑，然後覺得臉上熱辣辣的像被打了一巴掌，幾乎要氣急敗壞，他反問，你說什麼？這是第一次，他注意到他們之間的年齡差異。他比她大，但他一點也不覺得那有任何問題，但小厥既然這麼說，他便恍惚起來，不知道她是什麼意思；既然不把他當作戀人，難不成純粹消遣他？

那年，他剛三十一，而她才不過十八，青春正盛而且殘酷。

她似乎無心無肝，很鎮定而且堅決地，也像是開玩笑說，不是麼？如果讓你跟我的同齡的朋友一起玩，你是不是也會覺得格格不入？你不會覺得自己老？

如果這是句玩笑話，就有點過分了。

因此說完，她看上去似乎有點後悔，很無辜地坐在那裡，出神，慢慢也有點落寞，事實是她哪裡真的有同齡的朋友。他在心裡嘆口氣，這個孩子，長這麼大，生活圈子裡來來去去都是超過她年齡的人。他甚至懷疑她從來沒有跟同齡的朋友一起出遊的經驗，沒有一起野營過，也沒有一起看過電影，沒有機會咬著爆米花和薯片一起八卦學校裡男孩子女孩子的事。沒有才會渴望。他坐在她邊上，不知道要拿她怎麼辦，擁抱也不合適，拍拍她肩膀也顯得可笑，所以，他坐了一會兒，沉默著，漸漸覺得生活中充滿了無趣，但自己怎麼會變成這樣，他甚至懷念先於小厥之前的日子，舞曲響起來，他掌控一切，所向披靡。於是，他沉默地站起來，一言不發地自去做自己的事。

在年齡上，不知道是誰落了敗。

他原本不寂寞。他喜歡東方女孩。周圍的東方女孩也不只她一個。再過幾天，她來找他，桌上有一疊照片，就在屋子裡，鏡頭裡有一把烏黑的長髮，還有他，是個背影，沒有穿上衣。她笑著看完，認出那側臉是舞蹈教室Swing跳得很好的日籍女孩。這也是情理之中的事，去跳舞的人，喜歡跳舞本身固然是一個原因，但是能遇見可以交往的人，不也是一個合理的目的？她把心中冉冉升起的一點妒嫉心壓下去，自己也不知道要什麼，也覺得有點無趣。那個黃昏時光，一切厭厭仄仄，窗外的天不是碧藍，帶鉛灰。鉛灰是百搭色，歡樂與不歡樂，天的顏色不是她可以選擇的，但這次到底也算搭調，但讓人覺得十分地沒有意思。

以後的幾個星期，她負氣，不再找他，但仍舊去跳舞工作室，卻總沒遇見他。

這個時候，明媚來到紐約。小厥精神一振。

那個時刻，打個比喻，小厥就像初夏裡的小獸，渾身的精力沒有地方去，可是並不因此悶悶不樂，而是躍躍欲試地要在自己的領地裡繼續試練她的技藝，悶頭跑，細細密密的汗珠四濺也不覺察，而初夏裡的小獸看上去總是有特別的光芒，特別的有希望和理想。

明媚看到她的一瞬間一愣，因為記憶中的那個小女孩驀然變得成熟，散發出芬芳又危險的氣息，換在彼時，她絕不會帶這樣的小厥去赴John那樣的朋友的約會。明媚請小厥在Tribeca的法國餐廳晚餐，桌布潔白，鮮花也擺設得無懈可擊，氣氛既不古板刻意，但也不是真的渾然天成，那些隨意中多少都帶了點姿態——這就是城市的人們所習慣的生活。旁人看她們，兩人旗鼓相當，都很美麗，小厥穿了一襲黑裙，黑色是這個城市不定文的制服。明媚定一定神，歲月又過去了幾年，什麼都是留不住的，連小女孩對世事的一知半解也是留不住的。那次，帶小厥來紐約，她穿的是一件粉紅底子帶小白碎花的裙子。

明媚笑著問，工作怎樣？忙嗎？

小厥說，尚可。不過很簡單，有點無聊。

明媚很自然地說，那是自然，對你來說，這是大材小用。

小厥抿嘴微笑。心中卻咯噔一下，突然覺得這樣地工作下去也並非長久之計，只是心中有別的事，暫時不能為這個念頭多分心。她父母也說過類似的話，但她從來聽不進去。她目前與明媚恢復交往，不再需要父母的同意，她覺得自己真的長大成人，對於這一點，她很滿意，甚至沾沾自喜。

明媚穿一襲灰裙子，一串不大不小的珍珠項鏈，她走過的時候，旁人或者會先留意裙子獨樹一格的裁剪，裙角帶過，像涼夜裡掠過的一隻靈魂，或者也會注意到那串珍珠的圓潤，但是看到明媚本人，就都忘了再注意她的衣著和首飾。她的一頭波浪髮已經變直，打了一個芭蕾舞者一般的髮髻，但又不一絲不苟，偶爾有細碎的髮絲從髮髻邊上鑽出來，剛剛好打破幾乎要顯示出來的一點點刻板。小厥坐在餐桌的對面看著她，外面的天色在暗下去，桌上的蠟燭搖曳著一抹光，她想等自己年長，她不介意像明媚這樣，優雅地坐在一間優雅的餐廳裡，不需要對任何事作任何的解釋，只是安靜地說一些自己願意說的別人樂意傾聽的話。

但是小厥當然有好奇心，她還是忍不住問，明媚阿姨，你這次會在紐約住下來？

然後自己吃吃笑，說，叫阿姨怪彆扭的。

明媚微笑道，那你叫我明媚就好了。是，搬過來，這次也許會結婚。她頓一頓，這樣說。

小厥由衷覺得高興。她依舊忍不住問，是那個John嗎？住在那個大房子裡的人？

明媚笑出聲，看得出她自己也真的是歡喜著，且不打算掩飾，她說，你還記得他？

小厥點頭說，但是那時你說不喜歡他。

明媚想一想，說，小厥，你長大了。喜歡，嗯，那是件複雜的事，不知從何說起。不過，不，不是他。藝術家，不是合適的結婚對象。

小厥注意到她手指上有一枚碩大的戒指，明媚自己笑著說，年紀大了，大點，亮點，看著喜氣。

她這樣不避世俗，且坦白沒有掩飾，讓小厥覺得高興，覺得自己被當成平起平坐的朋友了，便也客套說，你怎麼好算老？

說著臉卻有點熱，突然意識到自己語氣太格式化，似自己父母。明媚不以為意，自己轉動戒指看一看，說，仍舊走上這條世俗的路，真是殊途同歸。

明媚這次住在上城東區，房子剛剛布置好，簡約風格，家具很少，配了幾幅中國畫，小厥對繪畫不懂，但覺得線條簡單的幾條魚，即便翻著白眼，也不討厭，倒與周圍風格挺協調。

整間屋子顏色很單調，冷冷的。小厥這麼說，明娟便拿出一雙紅鞋子給她看，是雙芭蕾舞鞋式樣的平底鞋，她有點愛嬌地說，哪裡，顏色都在這裡喏。

Repetto的芭蕾舞鞋相當漂亮，小厥細細端詳了一會兒，突然問，你要不要學跳舞，我帶你去我那個跳舞工作室，很好玩的。

明媚說，我喜歡Salsa。

小厥笑了，那種骨子裡柔媚出來的舞，由明媚跳起來，不知道是什麼樣子的。

原來明媚本來就會跳舞，而且跳得相當好。她想必也有點寂寞，所以欣然接受小厥的邀請。

不知道那算不算一念之差。

那晚，他偏偏也在，因為幾乎成了跳舞教室的資深會員，他有時也兼任助教，那堂課正碰上明媚第一次來跳Salsa。他先看見的是小厥，跟她含笑點頭，課已經開始所以不方便出來打招呼。小厥突然改變主意，跟明媚說她不上課了，只在旁邊看。嘴角露著笑，有點挑釁的味道，她可以隨時走開，而他跑不掉，但看著，看著，笑容就掛不住了。

那是一瞬間發生的事。

小厥沒有想到明媚跳得這樣好。她自己不太喜歡Salsa，大概是太性感，有點招架不住，所以也不大跟他跳這種舞。一堂課裡誰是高手一支曲子之後就明明白白，他便請她一起做示範。他們的眼神膠著在一起，像化學作用一樣，越來越濃稠，小厥看在眼裡，熱帶風情的音樂在她耳邊變成鼓噪，她覺得太吵了，彷彿五雷轟頂，臉色變得很差。

明媚和他彷彿在另一個世界，旋轉，纏繞，是南半球的夏天，熱把一切都融化成軟綿綿的，滾下來的汗珠也變得像寶石一樣錚錚發亮。小厥像個孤獨的溺水的人，他們都沒有看見她，居然都沒有，在那一瞬，他們都沒有看到她在沉下去。這才是最危險的。小厥這樣想。

就這樣，誰也沒有準備，一切已經發生。

後來那次，小厥跟明媚，像攤牌，更像小孩發脾氣，她口氣咄咄逼人，說，你不是說不喜歡藝術家，說那不是結婚的好對象？

明媚不說話。

她又說，你不是本來就要結婚了？

明媚還是不說話。

她繼續挑釁，你比他老！

明媚點點頭，但還是不開口。

小厥繼續藉著這個氣勢往下說，口氣委屈，你為什麼偏要與我爭。這句話出口，她也覺得自己的愚蠢。明媚還是不說話。

她們沉默地坐了很久，明媚開口的時候好像很疲憊，她說，小厥，那不是個玩具。愛情不是個玩具，不是你爭我搶的東西。你不是真的喜歡他，你一方面心智成熟，所以容易被成年人吸引，因為你根本沒有與同齡人打交道的經驗。可是，你畢竟還小，愛情不是那樣的。你不過是想找他玩玩，消遣一下。

小厥冷笑，我不懂愛情？莫非你就懂？你就真的愛他？

明媚慢慢地說，你說得對，我也不懂，我也不懂愛情，但是，是的，我愛他。這個我知道。

小厥怔住。

她像個憤怒的小動物，但是不知道怎樣宣洩。她很想跟明媚廝打一場，但是她知道自己慢慢地成熟的教養不能讓她這麼做，結果眼淚奪眶而出。

明媚彷彿有點憐憫地看著她，也彷彿一愁莫展，只是等著，等著小厥把眼淚擦掉，一次又一次，然後略微平靜，她嘆氣又開口，小厥，你也許覺得我像個老巫婆，偏要與你作對。但是，我其實並不需要你原諒……你與他，其實根本什麼也沒有……

小厥心裡想，果然不錯，她說得完全正確——當然是關於老巫婆那一說。她想起白雪公主裡那個戴黑斗篷指甲血紅的巫婆形象，她甚至想詛咒明媚，下場就跟她一樣。她輕輕道，既然這樣，我為什麼要與你坐在一起？

說完，她站起來，走了出去。這不是完美的退場，小厥氣呼呼地走出去，觀眾只有明媚一人，而且她人走了，心裡卻拋不開這一切。

她畢竟是個孩子，想法也都是孩子的想法。很久之前，有一次她去他那裡的時候，偷偷用肥皂印了一個鑰匙的模，那時全無壞心，只想哪天嚇他一跳，這次分明可以有新的用途。但是街角工具店做鑰匙的老先生，戴眼鏡，細細看那個模具，皺著眉頭，左看右看，目無表情，最後說，不行。

小厥問，為什麼？

花白鬍子的老先生頭也不抬，在工作檯後面，對一架顯微鏡，上下擺弄一把舊鑰匙。這家小店有一年榮登紐約雜誌行業之冠的名單，又是幾十年老店，所以有點自恃了不起是可以理解的，但是小厥從來就習慣做一個驕傲的人，自我從來比身邊任何一個人都大，特別在這樣的時刻，自己也沒有辦法控制怒氣，所以脾氣很壞地質問，氣勢洶洶道，為什麼？

小姐，我不想幫你做你要後悔的事。老先生不急不慢地說，

小厥冷笑，回頭就走，一面走一面突然發現自己最近經常冷笑，老巫婆式的冷笑，簡直快要變成明媚說的老巫婆，但是她停不下來，並且壞心眼地想，即便做巫婆，她也比明媚年輕得多。她做事相當有效率，轉眼，就像風一樣跑到中國

城，洋洋自得地在一條偏僻小巷，拿到了她想要的東西，這次那個看上去像墨西哥人的年輕人一句話也沒有說，沉浸在自己製造鑰匙的樂趣之中。小厮抱著自己肩膀，站在旁邊等，最後拿到那把鑰匙，有點懷疑，問，這管用嗎？

年輕人聳聳肩，再次把鑰匙拿回去，用刷子刷刷，還給她。小厮把鑰匙放在外衣口袋裡，慢慢朝上城的方向走，夕陽正在西邊沉下去，穿過東西貫穿的街道的時候，看得見西面血紅的天，行人匆匆忙忙與她擦肩而過。她想，在這個城市要做點犯罪的事，竟是這樣容易。

她買了一桶紅漆，只是站在門邊，慢慢地把它倒出來，看漆流過地面。屋子裡一個人也沒有，門邊衣櫥的門虛掩著，她看見明媚那雙紅色的芭蕾舞平底鞋，突然覺得徹骨心痛，她走過去，拿出那雙鞋，把它扔在漆桶裡。

窗外的天色完全暗了下去。小厮靜靜地把眼淚流出來，然後擦乾，走下樓去。

那年她快要十九歲，他三十二，明媚三十九。那年，明媚沒有結婚，再下一年也沒有，再下一年也不。

小厥沒等到十九歲的生日就離開了紐約，沒有回家，回去了學校。學校之外的世界讓她覺得困惑而挫敗。過一年，她換另一所學校，走得更遠，在劍橋，英國。

這時候，在一群學生當中，她一點也不顯得小，她也可以去酒吧，到處是學生，有的女孩子喝得爛醉，深夜坐在酒吧外面，神智不太清楚，她覺得真是難看。但是，她也覺得寂寞，寂寞得像一頭困獸。這些年，她也約會，但是，什麼也沒有發生，彷彿歲月靜止，來的人總是走了，她也不留，除非她剛好渴望擁抱，但那短暫的滿足總是帶不來她想要的。其實，她也不知道真的想要什麼。她不再跳舞。時間過得很快，又好像很慢。至少，學校裡的一切，她駕輕就熟，如今，別人不再一驚一咋地稱呼她為天才了，因為她已經開始教授別的學生，她開始比學生們年長，受到自下而上真誠的尊重；從來，她得到的尊重永遠遠超她的年齡，像一個包袱。

有一次，她的導師問她對香港的一個教席是否有興趣。她說，我父母出生在廣東。如果他們沒有在七〇年代末離開中國，我大概也會在廣東出生。香港離廣東很近。

導師問，你會說中文？

小厮對這個問題表示詫異，說，當然！

導師抬頭看看她，他想，自然，她當然會。她這樣的天才，哪怕要多學幾門語言也是輕而易舉，何況是母語。

小厮果然輕描淡寫地說，廣東話，普通話，我都會。

導師愉快地下結論，說，那我就要計劃來香港拜訪你了？然後猶豫片刻，終於還是說，回老家，散散心也好。這些年你總是不專心，憑你的潛力，成就應該遠不止此。

小厮似乎沒有聽進去。

導師不忍，又加一句，這不是趕你走。同樣的課題繼續做下去。隨時可以回來。

小厮點頭，似乎不太介意。

導師倒笑了，說，做什麼事，有點野心，才好。

小厥點點頭。這是這些年她學會的一樣本事，敷衍著點頭。

就這樣，她又回到大城市。

在高樓之間穿過，她突然想念另一個城市，紐約。這個南中國的城市一樣擠熱鬧，城市的中心，人來人往，她走在他們中間，手放在外套口袋裡，那是冬天，她聽說這個城市的夏天悶而潮濕，她從來沒有在這樣潮濕的氣候裡生活過。她的手放在口袋裡，想起那一年的那一天她手裡握一把鑰匙在城市的夜色裡落荒而走，一直走，路過一個垃圾箱的時候，她把鑰匙拿出來扔進去，有個流浪漢正在垃圾桶裡找東西，她聽見鑰匙擊中某個金屬罐發出噹的一聲。那個流浪漢咕噥了一聲什麼，她頭也不回地繼續走下去，流浪漢對著她的背影大叫，她什麼也沒聽見，一面走，一面想，她要離開這裡，再也不會回頭。

小厥走在香港的街道上。時光如梭，七年八年轉眼而過，小厥想，不管怎麼樣我還是比所有的人年輕。

是，仍舊是年華如水，花樣的年華。

她自己沒有覺察，她所有的驕傲，在她走路的樣子裡都悄悄地流露了出來，她沉默地走路，沉默裡似有一襲看不見的戰衣。她似有預感，姿態裡有種戒備，似夜行的貓，在危險逼近時，把毛都豎了起來。沒有錯，因為，明媚又出現了。是一場偶遇。

明媚看上去有點疲倦。那是在某家會所，小厥跟朋友去閒逛，帶著網球拍，迎面看見明媚。明媚看見她的一瞬間由衷地覺得高興。小厥站在玻璃窗前，窗外的光線全打在明媚的臉上，明媚在笑，眼角有細細的皺紋。小厥覺得恍惚，幾乎有點哽咽。她看過幾部香港出產的武俠片，這樣的場面讓她毫無頭緒地想起兩個劍客多年後再次相遇，一笑泯恩仇，背後應該是什麼？電影裡出現的應該是滔滔江水或者萬丈懸崖，雲霧繚繞？她既然有這樣的聯想，她自己也意識到過去的事，她自己也許已經不那麼介意了。但是，她覺得要有所保留，雖然她願意與明媚重新坐下來——明媚竟然在這裡出現，那麼他呢？關於他的聯想，牽動心中一絲鈍鈍的痛。不過，那麼久了，有什麼會是不變的呢？她有感應，她不覺得他們仍舊在一起。

明媚用商量的口吻問她，說，不趕的話，喝杯茶？

小厥無可無不可。同來的朋友去打網球，一群人看上去熙熙攘攘地一擁而去，不多她一個，也不少她一個，所以她坐下來。

她們終於又面對面。

你父母說，你不願意回家。明媚這樣開口。

小厥抿嘴客氣地笑一笑。

明媚說，這麼大的孩子，天地多半在家的外面。

小厥說，我已經不是孩子了。

明媚點點頭。她們沉默一會兒，然後明媚說，不知道你也在香港。我跟先生搬過來，已經三四年了。

先生？小厥看著她，眼睛裡帶著問號。

明媚說，我們結婚五六年了。她頓一頓，似要解釋，然後說，世俗的人，最後免不了走一條世俗的路。我也一樣。

哦。小厥不知道為什麼有點失望。她猶豫一下，刻意不提他。

明媚說，他是個生意人。

小厥一愣，才會意說的是誰，然後說，是，我當然記得，你說過，藝術家，不是合適的結婚對象。

明媚絲毫不介意小厥語氣裡的揶揄，沒有流露出任何不快或者尷尬的表情，不過，別人的言語從來不是讓她心情起伏的原因，她說，小厥，你居然還記得我說的話？我說的話也未必正確。

那有什麼是正確的呢？

明媚搖搖頭，並沒有解釋那代表對什麼的否定。接著她說，人的看法會改變。

小厥有點負氣，忍不住發出攻擊，說，現在，你倒告訴我人的看法會改變。那麼你的看法是真的改變了，是嗎？那麼……

她猛然剎車，收起要說的話。明媚看她咄咄逼人，自然知道她沒說出口的是什麼。

明媚靜靜看著她，看到更加張揚跋扈的不是別的，而是青春，因為小厥有的是時間。明媚自己本來亦如此，當有大把時間抓在手上的時候，她也有過這樣的超然的信心，不把別人放在眼裡。

她們倆不約而同地想，這樣的談話要怎麼才能進行下去呢。

小厥畢竟年輕，涵養功夫沒有絕佳，她不想落敗，就繼續起而攻之，不過口氣已經緩和，悻悻說，早知如此，何必當初。

小厥這樣說，就是已經把武器放下了一半。明媚心神定一定，像回到很久之前，她逗那個小女孩說話，想發現這個小天才的內心在想什麼，有一搭沒一搭，發現這個小女孩的寂寞，但是她是外人，也不能做什麼，於是她想帶她去看看外面的世界，但是看到了也不外如此，也不知道有沒有做對。

明媚避重就輕說，當初是你不想開始。

小厥哦了一聲，強辯，說，哪裡？當初哪裡是這樣。突然，她一愣，發現過去的遙遠，自己也似乎記不得那時候究竟發生了什麼事。即便這些年耿耿於懷，但是也好像早就失卻了記憶目標，她不由長嘆一口氣，心裡不是沒有委屈。

像貓捉老鼠一樣。明媚像要提醒她，輕輕地這樣說，貓想逗老鼠，欲擒故縱，因為知道那是囊中之物。但愛情不是這樣的。

那是怎樣的？小厥不由自主問。她又被明媚的姿態吸引，像小時候一樣，儘管她看到隱隱的時光劃過的痕跡，但正是這點痕跡突然讓她決定，過去的一切沒有什麼不可以原諒。她不知道明媚究竟是哪一部分老了，或者根本是她的錯覺。時間巨輪喀嗤喀嗤壓過，她甚至分不清這是哪裡傳來的聲音，讓人覺得心虛也心慌。

愛情，可以慢慢走開。明媚這樣說，但隨即又轉口，說，誰知道呢？誰知道那是怎樣的？

小厥驀然在這一刻想起了過去跳舞時候，她自己的和旁觀的那些舞步。她已經生疏了，但是記憶裡，她看見跳舞的兩個人在音樂那不易察覺的一秒間站定，彼此有一點距離，身體的姿態還是隨著慣性柔軟地舒展開去，手還握在一起，他們眼睛對視，鎮定地像沒有愛情一樣，在下一秒，他們都將轉身，那是舞步的規則，手也不可避免地會放開，在那一瞬，如果一切定格，他們向背而立，姿勢優雅，對著不同的方向，像沒有關係一樣，像所有錯肩走過的那兩個人。其中一個是他，像長頸鹿一樣地跳著舞，沉默優雅，另一個，她看不清楚，不知道是誰，也確定不了那是不是她自己。小厥呆呆出神，她突然有想去看長頸鹿的衝動。在這個熱鬧的南方的巨大都市，恐怕沒有什麼找不到。如果一定有什麼是找不到的，那只有愛情，或者還有別的。小厥這樣想，覺得一切有點混亂，幾乎亂了陣腳。

小厥終於放下了長劍——明媚在她慢慢柔和的臉部輪廓看見這個姿態，心頭一寬。她也便順勢放下她自己的劍，因此不免推心置腹，她說，小厥，可惜我大你太多。要不然，我真希望有你這樣的一個朋友。

小厥狡猾地說，如果我們同齡，一開始，我們就是敵人，連做朋友的機會也沒有。

明媚便笑了，搖搖頭，她想，誰說天才在生活細節上笨？小厥從來都有伶牙俐齒的智慧。明媚精神上放鬆下來，突然決定和盤托出，她慢慢地斟字酌句地說，小厥，我也許時日不多了。

小厥不太明白地看著她，看著明媚的笑容，咀嚼她剛才說的話，覺得她在開玩笑，繼而希望她在開玩笑。

明娟淡淡地說，我不用多解釋，人都會生病，那是很平常的事。有的病像一個定時炸彈，隨時可以爆炸，生命煙消雲散，……也是很普通的可以一瞬間發生的事。

小厥張開嘴巴，卻不知道說什麼。她只是循著原來的思路慣性地想，這樣的一個大都市，有什麼是找不到的……但思路阻塞，她不知道該往哪裡思索，覺得一陣寂寞鋪天蓋地，並且，也覺得措手不及的失望，她已經決定什麼也不計較了，但是，她發現，她對那件事是否在意，對明娟來說根本無足輕重了。她一直自視太高，覺得她自己對別人的諒解是多麼重要的事，但是生命裡一直有高於她的力量。

明娟阻止她說話，她說，小厥，不要問我，這些再提也無謂，能做的我都做了。我也不想嚇唬你，什麼都是有可能的，也許定時炸彈的時間還沒有設定好，也許已經設定在明天。這都是說不準的。

小厥覺得喉嚨乾涸。她看著明娟，不發一言，明娟習慣她這樣的交流方式，如少女時代那樣，眼睛裡流露出她想說的話，明娟接受她的好意，但是一言不發。

過了很久，小厥將面前茶杯裡的水喝完，她啞聲問，什麼時候的事？

明媚說，結婚之前。然後就開始治療。頓一頓，她說，其實我並非不幸運。有人願意在最艱難的時候陪伴我。她沒有說完話，她等了很久，然後接下去說，我也是自私的人。我愛護自己的生命多過要證明自己的愛情。

小厥很聰明，輕輕接口，說，所以，你與他分開了？

明媚點點頭。

小厥一直覺得耳邊轟轟然然，明媚似乎聽得到她想說的話，替她輕輕說出來，是的。多麼簡單的理由，也多麼浪費。這個世界就是有那麼多的浪費——浪費的生命，浪費的愛情。但是我用生命換愛情，這大概算不得太浪費。

耳邊不知來自何處的的嘈雜之聲安靜下來，有一支歌似憑空而起，大約剛剛換了唱片，是那首SAILING。不應時，也不應景——你可聽見，你可聽見，穿過黑夜，遠方，我這樣慢慢死亡，永不放棄，或者能與你同在……餐廳裡空空蕩蕩，只有她們倆。這個世界的聲音和感覺慢慢地回來，她又聽得見周圍的人聲，看得見來幫她們加水的服務生，她在這個逐漸回來的正常的世界裡，做正常的人，所以應當釋放正常的感情。

小厥的淚水在這一刻流下來，那麼多年她甚至沒有為這件事哭過。那一年，她的心裡也只有憤怒而沒有淚水。現在，哭的時候，她已經分不清為了什麼。

沒有人贏。明媚說，沉默，繼續說。那一地紅漆。

小厥看著她，眼睛坦白，沒有隱瞞。明媚點點頭，說，是的。那一地紅漆。你終於讓他徹底地心碎。所以，沒有贏家。那一次，沒有一個贏家。

愛情就不是為了贏。小厥辯駁。不知道為什麼總是這樣下意識地要與明媚抬槓，忘了這其實是明媚對她說過的話，所有的事走到盡頭也就是開始。

明媚點點頭，說，所以沒有必要解釋了。

時間過得真快，一個下午似乎轉眼要過去了，小厥看窗外南中國海，海水相接之處，正徐徐暗下去。

心裡有些疼痛。

小厥對時光突然依戀，想時光凝固，只有這一刻存在，沒有過去，沒有未來，所以沒有後悔也沒有責任。

正如明媚說說，沒有解釋的必要，所有他的事，再提，真的不需要了。

有一個下午，她的指尖滑過他的背，陽光穿過濃蔭照在他們身上，他們像居住在史前，天地為幕，擁有的東西似乎屈指可數，比如彼此美麗的身體，清新的空氣和陽光，但是可能是那麼地無邊無限。他們在這間木屋窩了一個星期，也許更久。城市就在不遠處，但所有塵世煩惱相距甚遠。此時此刻，城市裡正有個少女拎著一桶漆，氣沖沖地走上樓梯，一級又一級，充滿戾氣，以至於那邊的那一塊天空看樣子立刻會陰雲密布，而且迅速擴散。

後來，他去找她，沒有找到，這一點也不奇怪，小厥在那時候，已經離開紐約，風一樣地飄走。

殘局從來都是由留下來的人收拾。

結果是，到最後，她們都丟下了他。人們不是都這麼說嗎？情場如戰場。何來怨尤？愛多一點，或者少一點，包裹在心裡，一點也看不出來；心痛和破碎，也是另外的一回事，自食其果，得到這些，失去那些，無可抱怨。

明媚仔細端詳小厥，頭髮簡單地束起，額頭光潔美麗，沒有化妝，也沒有歲月的痕跡，她的眼睛，燈光偶爾反射出一點光，幾乎可以被認定是智慧之光，因為自少女時代起，她一直有一種超然於歲月的沉靜，而明媚一直忘記跟前的這個少女有她的佼佼於人前的領域，她一直忘記她其實是天才這樣一個事實，就像別人一直忽略她其實也很卓然地美麗著，她輕輕說，小厥，其實，你從小接受的一直是……類似為了成為一個科學家……那樣的目標而準備的訓練吧。不是嗎？

小厥點點頭，她笑一笑，不介意自嘲，說，所以，我根本不懂得浪漫。

其實，這有什麼關係，浪漫就像人生的浮塵，像你這樣的人，根本應該被保護起來，安心地施展你的才能。也許你才是那種可以改變這個世界的什麼的那種人，而我們不過是偶爾路過點綴一下紅塵而已。

小厥忽然有點大驚失色，望著明媚，你怎麼也這樣想？明媚阿姨，我一直以為你是不一樣的。我，她抿嘴，噓一口氣，瞬間軟弱地說，我的才能，……恐怕是浪費了。

明媚看著她的表情，非常吃驚，但是漸漸恍然地明白，有一盞鐘，鐺鐺地響起來，是整點了，餐廳裡的人漸漸多起來，他們的茶已經涼了。人聲漸沸，鐘聲像裝飾符號，還沒有停，不知道是掛在哪裡的鐘，要敲幾下，像教堂的鐘聲，充滿時光的流動感，過去的片段緩緩移動，像彩排，讓她看出端倪，但是，她突然覺得後悔，她們彼此可能不應該有這樣的交錯。人生如棋局，但是各自為政，她不該把她帶到自己的這局棋來。到了最後，對於愛情，她也並不真正深諳其道，何況那些本該在她人生道路以外的意外。

小厥垂目而坐，用小勺子攪動杯中的茶，再加一點奶，再攪動。明媚發現小厥在自己剛才一失神的時候已經平靜下來。然後，她們四目交投，明媚看懂那目光裡的坦然，但那不是原諒。明媚覺得自己坐在道路的盡頭，紅紅的夕陽在道路的另一端墜下去，再昇起來的時候，那便是另一個不一樣的世界了。明媚想到這個的時候，覺得世界的大是那樣的無邊無際，但心頭卻有一絲些微的疼痛，那就是無奈吧，她這樣想，然後卻微笑起來。如果不用微笑，還能以什麼樣的表情來面對這一切呢？

小厥？……明媚似乎有話要說。

嗯？小厥略抬起下巴，看著她。

但是明媚改變了主意。有些話就這樣像煙一樣地浮動在她們心裡，時間久了也許就會慢慢散去。

那天的會面到了結束的時候，天空轉暗，可是她們好像回到壁壘分明的陣營。道別時候的客氣似乎又變得生分。旁人看，她們翩然轉身，姿態相當美麗，兩個人，向不同的方向走，玻璃門打開，關上，外面天色已暗，但是隱約還看得到外面的背影，驕傲美麗的背影，當然旁人不知道她們各自的驕傲來自不同的源頭，雖然殊途同歸。

夜色茫茫。小厥沒有找她的朋友，徑直往回走，她想，在這樣無邊的靜夜裡，每個人都是那樣渺小，像塵埃一樣。或者，剛才她應該給明媚一個擁抱，她想給她一個擁抱，但是，太遲了，她們擦肩而過。她想起他，更遙遠的錯過。她想起他跳舞時候的姿態，像長頸鹿那樣優雅地滑過去——於是突然想去看長頸鹿，她甚至不記得自己上一次看見真正的優雅行走的長頸鹿是什麼時候，他們走路的時候，想必沉默無聲，也無法給彼此擁抱，即便讀懂彼此眼睛裡的信息，也無濟於事。她知道如果北上，一個小時的車程，在隔鄰的城市就有動物園，那裡想必有長頸鹿，遠離家鄉的動物，在潮濕溽熱的南中國，與在家鄉一樣沉默。她想去看長頸鹿，然後，有些事她需要想一想。

她的前半生，如果可以這樣說的話，她用那麼長的時間，不過只跳了一支舞，她以為自己學會了沉默和優雅，但是什麼都是有代價的。

# 聖吉尼斯・路易斯的中國公主

我在西元二二二二年零點二十三分入睡，醒來的時候是西元二二二七年早上八點三十分。酒店的叫醒電話把我吵醒，我迷迷糊糊地問，我在哪裡，一把洋槐花蜂蜜般的聲音告訴我這是聖吉尼斯．路易斯酒店，這是美麗的天堂之國，聖吉尼斯．路易斯。我閉上眼睛，讓自己均勻地吸氣吐氣，然後坐起來，下床，拉開厚重的墨綠色織錦窗簾以及背後那數層透明的白色輕紗，清澈的陽光照進來，周圍立刻如同創世之初那樣明亮。外面是蔚藍的無邊大海，以及連綿的白色雞蛋花，隔著玻璃，我已經感覺到空氣中花的甜香。行李整齊地碼在行李架上，我打開沙發上的公文袋，掏出裡面的護照，然後下意識地看鏡子，鏡中人與護照相片上的樣子差不多，看不出年歲的差別。這讓我鬆了一口氣。護照封面上印著代表聖吉尼斯．路易斯的徽章，我第一次仔細看那圖案，混合了海鳥和魚的特徵的圖案像懷抱著某種我從沒有了解過的信念，如果真的有興趣，也一定可以找出那背後的含義，然而，我總是沒有時間，所以只在端詳後，把護照重新放了回去。

酒店裡似乎只住了我一個人，我打開房門走出去的時候，只看見服務生，而沒有別的客人。每個服務生都頷首鞠躬，漿得筆挺的白色制服好像從來沒有沾染過灰塵。早餐隆重而豐富，甚至有最純粹的中國式選擇，北方的麵食，江南的精緻配粥小菜，而菜單上的中式油炸麵圈當然就是在兩個世紀之前就已被人眾所周知的油條。若有若無的音樂混合在若有若無的花香裡，一切顯得虛無縹緲但是相當美妙。大堂經理親自過來，銀盤托著香檳，替我斟滿一杯，然後說，歡迎你，中國來的客人。然後他意識到說錯了，恰到好處地微笑，不動聲色地接下去道，哦，不，應該歡迎你，我們聖吉尼斯·路易斯的公民。只是，你們總是沒有時間來光顧自己的國家，在自己的國家裡，你們總是受歡迎的。他像語帶雙關那樣半鞠躬，退後幾步，離開之前，他說，如果您不介意的話，請容我提醒您，早餐之後您有個重要的約會。據我知道，我們的公主殿下等候您的到來已經很久了。嘉嘉公主，我們的中國公主，總是很期待看到……看到你們從中國來，來到自己的國家裡。

我一愣，恍然記得自己到這個島上來的原因——原來，她的名字叫做嘉嘉，但她今年幾歲我卻全無印象。經理斟字酌句地說完話，眼觀鼻，鼻觀心地托著盤子走了出去，向右轉時候翩然輕風帶動門邊的輕紗悄然飛起又墜下。我聞到煎雞蛋的香味，也有華夫餅混雜奶油的幸福濃郁的甜香，望出去無邊無際是令人安心的不變的美好風景，一叢叢的香花後是廣袤的藍色海平面，太陽光反射過來，讓我瞇起眼睛。這樣似曾相識的美景卻沒有能讓我想起前塵往事來，我心裡充滿了彷若肥皂泡一般的幸福感，那樣充實飽脹，卻又同時充滿一戳即破的患得患失。

我招手叫來服務生，問，你們島上常年是這樣的好天氣嗎？

是的。他這樣回答。

不下雨？

他猶豫一下，說，我們的雨只有在我們需要它的時候才來。

那真是天堂一樣的地方。我由衷地說。

是的，難道這不是你們移民來這裡的原因嗎？他一針見血地回答。

我突然臉紅了。服務生周到地替我換盤子，好像根本沒有注意到我表情的變化。

那個上午，嘉嘉開一輛寶藍色的骨董敞篷車親自來接我。路的兩邊是鋪滿花朵的柔軟綠色草地，草地之外是碧藍的海水碧藍的天。嘉嘉說，這是一九六二年產的車。年齡比我的曾曾曾祖父母還要大上一把——如果他們還活著的話。她也像一九六〇年代的女子那樣，戴著遮住半個臉龐的墨鏡，絲巾紮在頭上。我看不清楚她的容貌，但是坐在她的旁邊，風迎面撞在臉上然後又疾速向我們身後滑溜而去的時候，我突然覺得自己愛上了身邊的這個女郎，這會不會是我到這個島上來唯一的理由，因為一切是那樣順理成章。這輛西元一九六二年產的車每一個零件都鋥亮如新，嘉嘉在風中說，這就像聖吉尼斯·路易斯一樣，什麼都嶄新如故，芳華不老，永無改變。她的聲音在風中從旁邊的座位傳來，像是私密的昵語，但是聽不出其中帶著歡喜還是抱怨。我調整坐姿，希望這段路程永遠不要結束，希望風永遠這樣從正面席捲而來，而心裡的每一個角落都灌滿了暖風帶來的愛意。

人生如畫。嘉嘉說。

我轉過臉去看她，駕輕就熟握著駕駛盤的女孩子，嘴角掛著一個瓷器一般的笑容，我仍舊分不清她的語氣是讚美還是抱怨。

生活在畫裡，這就是我的人生。嘉嘉這樣說，她的聲音像那個如細瓷一般的微笑一樣過分精緻，如果掉在盤子上就像珠玉落玉盤，不知道易碎的是珠子還是盤子。她對旁人的注視有種天生的醒覺，我覺得她用眼角餘光接收到我的注視，姿態和表情因此變得更加漂亮。我也注意到她鎖骨位置淡淡的一顆痣，在那無瑕的肌膚上好像是故意為之的一點裝飾。

嘉嘉，你今年多大？我突然聽見自己問她。

她懶洋洋地回答，對你來說，我已經足夠大。

她這樣說，我覺得自己的臉熱辣辣地燙起來，深深吸一口氣，將自己的背緊緊靠在椅背上，車子驀地加速，迎面的風在瞬間幾乎讓我不能夠呼吸。嘉嘉紮在頭上的絲巾突然散開，整條向後面飛去，我呀地一聲，卻沒有抓住，絲巾柔軟的一角在我掌心像流水一樣地飄了開去。

車嘎然停止。嘉嘉說，到了。

極速的風也戛然而止，變成柔軟的陽光下柔軟的暖風，糅合著鳥鳴花香，我走下車的時候有點暈眩，彷彿到了世界的彼岸。像一九六〇年代少女那樣綁著馬尾的嘉嘉摘下墨鏡，卻一本正經，全無笑意，似乎突然打定主意要跟什麼人生氣。我出神地看著嘉嘉，有著少女面貌的嘉嘉，讓我心中一軟，突然想起我少年時代裡的那些少女。

但嘉嘉胸有成竹地作出猶豫不前的表情，在走入寫著總督府字樣白色的建築之前，嘉嘉瞇起眼睛，看著眼前無處不在的大海，我順著她的目光看出去，卻看見紅彤彤的太陽在海平線上懸著，沉甸甸地正像要掉下去。我吃了一驚，難道是黃昏了嗎？不是才過早晨嗎？

時間的概念只是在你心裡。嘉嘉說，聖吉尼斯・路易斯是個沒有時間的地方啊。

她意味深長地看著我，口中吐出幾個字，朝花夕拾。時間，在你自己的心裡。

我出神地看著她，心中試圖計算自己的年齡，但是那像一道難解的數學題，而作業紙被揉成一團沒有答案。在這樣的紅日之下，我心中突然充滿了失落無助，然後，慢慢地清晰地在我腦海中又出現的是那些少年時代的少女們的影子。

她們嗔笑，她們哭泣，我們的目光相遇，跳舞的時候，我的手觸摸到那柔軟的腰肢，親吻的時候，嘴唇的溫度久久地留在我自己的唇上，那溫暖的皮膚下，生命汩汩地流動，充滿了勇氣和期待，而手握在一起，肌膚相觸，緊緊地合在一起，就好像一起握著明天。只要這樣握著，就可以了。

嘉嘉在斜斜下墜的陽光裡，抬起她線條完美的下巴，眼睛偏離正視的角度看過來，有與她外貌不匹配的成熟風情，但在瞬間之後，表情便如坦白的少年那樣坦率地露出不屑。她輕輕地說，在你們那裡，你們的少女恐怕要的已經不只是那麼一點點了吧。

她的話似有回聲，在此起彼落若有若無的鳥鳴聲中嗡嗡地轟鳴，我又一次因為她的話而面紅耳赤。她走近我，將嘴湊近我耳邊，溫柔地問，這是不是你接受這趟工作，答應我父母來這裡的原因？

我……我期期艾艾正要回答，嘉嘉卻舉起她的食指，放在我的唇上，然後輕輕搖一搖，退後兩步，又勾起指頭示意我跟她走。我跟在她看上去纖細瘦削模特一般的背影後面，注意到她並不過分骨感的手臂，細細圓圓的，像所有帶點嬰兒肥的少女一樣，然後我的心漸漸安定下來。在走進屋子之前，我忍不住問她，嘉嘉，他們說你從小一個人生活在聖吉尼斯·路易斯，是這樣嗎？

從來沒有離開過。她頭也不回地回答。

那你怎麼知道別處的少女是怎麼樣的？

她輕盈轉身，直視我的眼睛，輕輕地說，親身了解不是不再必要了嗎？你們這些聖吉尼斯·路易斯的公民不是也從來沒有打算住在這裡？嗯？在你們自己所謂的家鄉，你們可有一絲想念這護照本上印的家鄉？……不過，你們從來也沒有打算把這裡當家鄉吧。

那你呢？這是你的家鄉嗎？

嘉嘉嚴肅地看著我，忽然展現出一個廣告牌上那種燦爛的笑容，她反問，你說呢？

我呆呆地看著她。這樣美好像春暖花開一般的笑容，為什麼在嘉嘉的臉上出現彷彿事先排演好的一齣劇目，我想起我少年時代的那些少女的鈴鐺一般的笑聲，像飽脹的弓那樣充滿蓄勢待發的青春，像沾著露珠的櫻桃那樣新鮮。

我看著嘉嘉的瞳仁，那塑料花一樣的笑意漸漸熄滅，那透明的瞳仁露出困惑，我也疑惑，難道她讀得到我的心思？嘉嘉輕嘆一口氣，說，這樣想念那一切，為什麼要放棄？這樣留戀那一切，又為什麼要離開，來到這裡？

我遲疑一下，覺得自己那彷彿橡皮質地的心上被人狠狠打了一拳。我無可奈何地說，嘉嘉，我也沒有辦法回答你的問題。連我自己也不知道究竟是為了什麼……自己怎麼會出現在這裡？……

嘉嘉抿起嘴，老氣橫秋地頷首，說，到最後，我們總是身不由己。

我隨嘉嘉走進屋子的時候，回首看天邊的太陽。時間像靜止了一樣，那個紅球沒有移動任何位置。紅彤彤的陽光下，遠處草地上有穿白色制服的人手提漏斗形狀的竹筐，似乎在仔細收集著什麼，小顆小顆圓珠子一般的物體被撿起來放在筐裡，我遠遠看見小珠子偶爾反射光線發出一瞬間炫目的光芒。這真是個奇異的地方。

嘉嘉語氣裡不再帶著感情，她說，我們先見過我的父母再說。是時間了。她似乎自言自語，走路的時候讓人覺得她彷彿正在做著類似切斷時間，打開另一個空間這樣的事。她像是擁有某種特殊的力量，手上的魔法讓人期待也擔心。

我咦了一聲，她也不作解釋。

總督府裡的工作人員看上去跟酒店的服務生一樣制服不染塵埃，禮數周到地將我們引入會議室。我們一走進去，牆上巨大的屏幕就像芝麻開門一般顯現出圖像，一男一女，坐在世界另一頭的寬廣無邊的會議室裡，背後牆上巨幅照片中那藍天白雲卻如假包換是聖吉尼斯．路易斯的景色。男士穿沒有一絲皺紋的黑西裝，女士穿質地柔軟的中式立領黑綢袍，戴一串珍珠項鏈，神態都有點疲倦，所以顯得嚴肅不苟言笑。但是他們看見我們的瞬間，便有鬆了一口氣的樣子。我不知道為什麼想起Grant Wood的那幅《American Gothic》的畫，那樣一絲不苟，身懷重任似的人生，沉甸甸的，即便我在世界的彼岸也感覺到好像腳下的土地朝那看不見的方向傾斜，不勝重負。在有任何跌倒的顧慮之前，我坐了下來。

爹地，媽咪。嘉嘉站在會議桌前，兩手看上去自然垂下，按在桌上，但實際上手掌上的骨節都微微彎起來，像一隻緊張無意識地用著力氣亮著爪子的貓咪。

怎麼這麼長時間才回來？做母親的這樣說。

嘉嘉什麼也沒有回答。

做母親的於是向我看過來，若有所思，又看向她身邊的男士，然後淡淡地說，你終於到了。

是的，站在我們後面的官員說，總督先生，總督夫人，司馬先生昨天就到了。嘉嘉公主今天親自去接他的。

司馬？原來你叫司馬？嘉嘉突然爆發出無理放肆的大笑，有一股怎麼也停止不下來的架勢。

大家都有點尷尬。總督夫人一派想制止卻又無計可施的模樣，眉頭蹙起來，彷彿有一個差一點就要心碎的表情，但處在她這樣位置，她的那顆處在高維修狀態的心，恐怕總是能恰如其分地保持著完整，或者這就是她的義務。總督先生則皺著眉頭，略微不耐煩地說，B先生，日常事務如果沒有需要討論的，今天連線不如就到這裡。

我們身後被稱為B先生的工作人員則恭敬地回答，沒有太多緊急的事，不過替九百六十八隻季鳥築的巢需要立刻動工；還有向中國訂購的大米、麵粉和肉類的訂單需要及時發貨，要不然正逢下個月路上的颶風天氣，可能要延誤太多日；還有……B先生期期艾艾。

你說。總督先生道。

還有就是，大家想請問兩位下個月的島慶日，兩位可有時間光臨？

總督先生和夫人異口同聲地說，抱歉，恐怕抽不出時間來。

嘉嘉本來因為大笑而俯倒在桌子上，將臉埋在手臂間，肩膀小小地抽動，不知道是繼續在笑，還是變成了小聲抽泣。這時突然抬起臉，語氣和神情都尖刻地說，他們怎麼會有時間到這裡來，他們根本從來也沒有來過這個地方。

總督夫人說，夠了。嘉嘉。然後，她有點擔憂地望向我，說，司馬，你記得要做什麼嗎？……

總督先生有點不耐煩地打斷她的話，說，司馬如果有疑問，可以看他手提箱裡的資料，他自然知道該怎麼做。還有，B先生，你說的我都知道了，鳥巢的事，你們只管自己處理。別的事，我也會交代下去，不會誤了島民民生。

兩人同時站起來，欠身。屏幕上的影像消失，B先生也退了出去。嘉嘉還是定定地看著空無一物的屏幕，她說話的聲音在空蕩蕩的會議室裡像有回聲。她說，聖吉尼斯．路易斯現有居住人口一萬三千人，除了我，都是原住居民。但是聖吉尼斯．路易斯的總人口現在有幾十萬，多出來的那些都是移民人口，來自你們國家的移民，但是他們從來也沒有踏足到這個島上來過。

我張張嘴，正想解釋。

如果你有話要告訴我，還是明天再說吧。嘉嘉看我一眼，長長的睫毛鋪在眼睛上面，在眼睛周圍留下一片陰影。她說，天晚了，我們不如一起用餐。

外面仍舊是黃昏。

餐桌在沙灘上的白色帳篷之下，鋪著白色的桌布，點著有雞蛋花香味的白蠟燭，旁邊高高矮矮的架子上，草編的小筐裡盛了滿滿的亮晶晶的露珠，不知道為什麼不會破，擠在一起亮晶晶的。嘉嘉說，那是聖吉尼斯．路易斯特有的露珠，只要在草地上撿起來，可以一直保存到月上中天的時候，那時候一個個露珠就會迸裂，發出燭花被吹滅前那一瞬的光芒。真的是……她猶豫一下，說，真的是非常有趣。

服務生托著銀盤上的香檳過來，微笑說，拿這些露珠作裝飾是嘉嘉公主的主意，我們也都覺得新鮮趣致。那麼多年來，我們從來沒有想到過可以把這些露珠撿起來，如此漂亮地放在一起，直到嘉嘉公主來了之後。

嘉嘉打斷他的話說，我哪算是什麼公主。這個稱呼簡直是一個笑話，我不過是個沒有自由的閒人，……況且準確地說，根本就是人質——人——質——連海鳥也比我自由。

服務生低頭，低眉順眼地，語氣尊敬，毋容置疑地輕輕說，您是我們的公主。我們不會忘記你們——你的父母帶給我們的好處的。

他退下去的時候，嘉嘉望著遙遠的海平面，眼角滴下一滴淚，亮晶晶如同周圍小筐裡那些小珠子。她輕輕站起來，拿隨手起一筐露珠遠遠扔出去，滴溜溜的珠子在沙灘上滾作一團，那薄膜鼓鼓脹脹卻也不破裂，我懷疑嘉嘉那一滴淚水也飛了出去，就混合在那堆珠子裡。連淚水也不容易乾的地方啊。嘉嘉說，懶洋洋坐下來，像突然改變主意，不打算發脾氣了。海風一直漫無邊際地吹過來，好像全無方向感，只是要來吻一吻我們的髮或者衣襟。

你告訴我你的那些少女的事，然後我也告訴你我的祕密。嘉嘉說。

聽到祕密二字，我突然覺得一陣心虛，但這些年處世的經驗告訴自己要不動聲色，所以自然而然將眼光放向海平面。眼角餘光中，周圍的露珠在那一端照過來的紅彤彤的光芒裡閃閃地發光，楚楚可憐，我突然為自己覺得羞愧，額頭出現細細的汗珠，那一滴汗珠滾落下來，落到沙灘地上，居然也如同別的小珠子那樣沒有碎裂。這讓我的鼻子一酸，要靜靜地呼氣吸氣數次才能重新開口，我推托說，有什麼可說的呢？況且我也都記不得了。那些少年的事，已經是上上個世紀的事了。

我偏要聽。嘉嘉說，要不，你告訴我你們戀愛時候的事。你們做什麼，你們吃什麼？你們……

莫不是你戀愛了？我問。但是嘉嘉馬上漲紅了臉否認，堅持說，你告訴我。如果你再不趕緊說，等下即便告訴了我，你也永不要再想聽我的祕密了。

服務生把頭盤端上來，三文魚，魚子，紫菜和蘆筍都被打成了泡沫，又重新堆成食物原來的形狀，裹著調料，三文魚捲成壽司手卷的樣子擱在高腳水晶杯裡，蘆筍拌著魚子和酸奶油醬躺小圓碟上，另外那碟放在貝殼形狀盤子裡的綠盈盈的冰淇淋狀的小球讓我疑惑，服務生放下碟子時說，那是海帶冰霜。

嘉嘉說，你嚐嚐吧。島上的人閒也是閒著，窮極無聊了，所以在這些東西上下功夫。

服務生微笑，一點也不介意，說，嘉嘉公主說對了，這正是我們的興趣所在。要不然，我們怎麼會被稱為天堂之島呢？在天堂之島，可不就該做一些這樣的沒有目的性的事嗎。

嘉嘉長長吐出一口氣，服務生鞠躬退下。

那些泡沫吃到嘴裡，像囫圇吞棗地吃了一個夢，嘉嘉追問，你快說呀。

我張嘴，卻不知道應該說什麼。嘉嘉很認真地看著我，緊追不捨，且問道，是不是快樂。

我一愣，沒有想到她關心的是這個，斟酌地開口，應該是快樂的。

什麼叫作應該？嘉嘉斜睨我一眼，不如你告訴我，她現在在哪裡？誰？

你心上的那個女孩子。

我不知道。

不知道？

這就是你們戀愛的結果？嘉嘉睜大眼睛，不相信地問。

頭盤下去是沙拉，聖吉尼斯．路易斯的蔬菜，長得跟我來的那個地方上兩個世紀之前的蔬菜一模一樣，像剛從菜園子裡採摘下來。我忍不住告訴嘉嘉，如今，我們那邊的蔬菜全都是合成蔬菜，長方形的幾何體，混合著各種蔬菜的成分，據說是均衡營養的首選。

是嗎？嘉嘉心不在焉地回答，嘴裡咕噥著，不知道？不知道她在哪裡？這就是你們戀愛的結果。

我不忍看她失望的樣子，於是說，這樣吧，讓我告訴你。

開口的時候，我自己都有點暈眩，好像在說一個傳說中的童話：

她的名字叫嘉嘉。我頓一頓，自己也嚇了一跳，她們的名字居然一樣。這邊的嘉嘉則露出意味深長的微笑。

我說：

那個嘉嘉喜歡吃冰淇淋，喜歡看書，喜歡貓，喜歡發呆，喜歡鮮花，和其他漂亮的東西。我……我喜歡她各種時候的每一個樣子。那時我們念中學，中學念了幾年，我們戀愛也就有幾年。有一年，街上剛剛開始流行牛仔服。我不想問家裡要錢，乘暑假的時候去搬磚頭，自己攢錢替她買了一套。她穿上相當帥氣好看。那時候沒有那麼多名牌的講究，我還是替她選了最貴的那一種，後面褲袋上繡了一個蘋果，是蘋果牌。天氣很熱，流了很多汗，手上的老繭也過了半年才褪下去。

牛仔服？搬磚頭的體力活？這些聽上去真的是遠古代的事了。嘉嘉說，然後冷不丁地問，那她為你做過什麼？

我一愣，說，她一直在我身邊，知道我所有喜歡和不喜歡的東西，因為她在身邊，那些年我一次也沒有哭過。

那是因為那時你根本已經是大人了，而且還是男人。嘉嘉說。

我看她一眼，她用手指劃過自己的嘴唇，做出一個封嘴的手勢，閉上了嘴。

我接著說，那段時間我父母離異，各自忙著出國，去不同的國家。

移民嗎？嘉嘉還是忍不住。

是的，後來他們都沒有回去。

那為什麼不來聖吉尼斯．路易斯？不是很多人選擇移民來這裡嗎？

那是後來的事。後來大家有了別的閒情逸致，才會想到聖吉尼斯．路易斯這種地方。我少年的時候，大家移民去別的地方是為了別的原因。

是為幸福麼？

我想一想，說，是的，任何時候，大家都以為是為了幸福。連到聖吉尼斯．路易斯來也一樣？真是奇怪，這樣幸福的地方，任你們自由來去，你們卻又不來了。

沙拉盤子撤下去之後，是奶油生蠔湯，點綴著碧綠的芫荽。我攪動濃湯，淺嚐一口，看她一眼，繼續說下去。

那個時候，我們那個地方有許多美麗的東西，春天，黃色的迎春花之後，到處開滿薔薇，細雨飄在綠色的山裡。夏天滿塘是荷花，陣雨之後的水珠在荷葉上滾來滾去，就跟你的這些露珠一樣。秋天桂花香，在滿是桂花樹的草地上坐一個下午，連自己的頭髮也變香了。冬天下雪，開臘梅。雪裡一大早起來去採梅，帶回來的梅花上的雪到了家也還沒有化去。我最懷念的是有一年中秋。我們那個城市有個美麗的湖，三面環山。那年中秋夜，湖上放焰火。我跟她登高，在望得到湖面的有個寶塔的山頂選了個位置。起初，山上有很多人，看焰火升起的時候一起歡呼。從低低的山頂望下去，焰火自湖上升起又墜落，湖底同樣是一個昇華又綻放的世界，簡直是天上人間。我們一直握著手，後來煙花熄滅，周圍的人都下山了，我們還坐在原來的位置上。那時，山下的湖已經變得非常安靜。我心裡……心裡充滿了感動，願意相信任何東西的那種感動……到現在我還想回去，一動不動坐在那裡。後來，淅淅瀝瀝下起小雨，我們頭頂我的一件外套，仍舊坐在那裡，聽雨的聲音，和樹葉掉下來，墜落在地的聲音。

後來你們下山了？

後來自然是下山了。

嘉嘉把手伸過來，放在我的手上。語氣調皮，表情認真地說，你也可以借我的手，我也可以跟你一起一動不動地坐在這裡——只要你願意。

我心中輕輕抽動，像有一根小繩子勒在心的一角，繩子的一端被慢慢抽緊，但是像害怕一樣，我下意識地說，嘉嘉，你的湯喝完了，我卻還沒有，不如讓我先把湯喝完。

嘉嘉把手收回去，端端正正坐在我的對面，似笑非笑看著我和我的湯。湯很美味，但是在這樣的注視下喝湯，卻不能讓我清楚地辨別湯的滋味了。

嘉嘉問，你知道主菜是什麼嗎？她不等我回答，已經顧左右而言他，說，主菜倒還罷了。其實每一次我期待的是甜點。

嘉嘉，你真的還小。我很久之前開始就已經不吃甜點了。我放下湯匙，這樣說。

但是聖吉尼斯．路易斯的甜點你卻不能忽略不吃，主菜可以不吃，但是甜點絕對不能錯過。

有一隻海鳥從我們頭頂掠過，鳴叫而去，那些草地上收集來的露珠也依舊完好如初。突然，那隻鳥打一個旋，飛回來，再飛遠去，嘴裡掉下叼著的什麼東西，落在帳篷前，服務生撿起來，是一枝黃色的玫瑰。

服務生把花插在帳篷下的花瓶裡，回身說，嘉嘉公主，是黃色的花。

我吃驚地看著這一切。嘉嘉似乎有點失望，說，黃色代表的不是愛意。

難道是鳥兒的惡作劇？她那愁眉苦臉的樣子讓我這樣問。

她突然像破涕而笑似的重露笑顏，對我說，可不是，一隻鳥懂得什麼？

服務生將主菜布好，欠身說，鳥兒哪裡分得出顏色。他看我一眼，頷首說，那是嘉嘉公主的寵物鳥。調皮慣了，從來不按照嘉嘉公主的願望行事。

嘉嘉輕咳一聲。服務生便三緘其口，往我們的杯子裡添上白葡萄酒，然後和來的時候一樣，走得悄然無聲。結果，周圍除了海濤的聲音，一時寂靜下來。

主菜是隆重的海產，在白色的帳篷下，在僅有的我們這兩個沉默的觀眾面前顯得過分端莊。我看得出嘉嘉心不在焉，我也與她一樣開始期待那即將出現的甜點。

我的思緒被風牽扯著，要回到過去，自己也不能控制，埋藏的往事一點點露出端倪，卻不知道為什麼讓我的心充滿酸楚。嘉嘉卻忽然開口說，不是那樣的。

你在騙我嗎？我知道的怎麼不是這樣的。

你知道什麼？

你們那裡的少女不是這樣的。春天的時候她們看介紹最新秋冬裝的時尚雜誌。夏天的時候，她們想去坐游輪度假。秋天的時候又是看最新的關於來年春裝的時尚雜誌，坐在新開的咖啡館裡。冬天來了就找一個滑雪場，站在依靠人工降雪填滿的人工雪場上，連雪的樣子也沒看清楚就嗖地滑下去。還有，人人想要一本聖吉尼斯．路易斯的護照，但是拿到了護照卻又沒有要來看一看的好奇。嘉嘉像負氣一樣，一口氣說完，然後氣鼓鼓地看著我。

我被她的樣子逗笑了，問，這是誰告訴你的？嘉嘉？你究竟為什麼對我們那裡的少女這樣感興趣？

因為……嘉嘉遲疑一下，臉上突然煥發出動人的光芒，她掏出巴掌大的一臺電腦，按了幾個鍵鈕，然後讓我看。屏幕上是一個戴耳機的少年，對著一臺電腦，像所有面對電腦的這個時代的少年一樣一面專注一面心不在焉。

你不覺得他很可愛嗎？嘉嘉這樣問我。

我突然明白了所有人的擔憂，於是問她，嘉嘉，他是誰。

他是我的朋友。

那個少年抬起頭來看見我們，他跟嘉嘉打招呼，然後用疑惑的眼神看著我。我示意嘉嘉把鏡頭移開去。嘉嘉埋頭在屏幕下方的小鍵盤上快速按著要說的話，然後關機，臉上有甜蜜的表情。

我忍不住責怪她，嘉嘉，你根本沒有見過他。

我剛剛才看過他啊。

你根本不認識他，沒有見過他本人，你只是在屏幕上看到他。

嘉嘉睜圓眼睛看著我，像聽到世界上最奇怪的話一樣，反問，這有什麼不妥？連我的父母，我也沒有親眼見過，我從來都只是在屏幕上看到他們。

我頓時無語。

海浪聲越來越響。甜點終於端上來了，我沒有見過這樣華麗的甜點，我叫不出名字的各種材料堆砌出一個維妙維肖的花園，有山水，花草，還有逗留在蘑菇上的細小的粉蝶。沒有品嚐，我就已經可以想象它們融化在舌尖的味道。

嘉嘉對我的驚喜很滿意。她用手揀起蘑菇形狀的糕點放進嘴裡去，瞇起眼睛對那味道露出十二分的滿意。

他叫什麼名字？我問她。

嘉嘉搖搖頭，像突然失去了興趣，說，我只知道他在網絡上的名字。那樣的名字說出來也沒有意義吧。

你沒有問過他的名字？

她突然睜大眼睛問我，難道是我的父母對這些感興趣嗎？但是，我卻沒有興趣說了。不如，講你的故事吧。後來呢，告訴我後來她去了哪裡。

我隱約記得我來的地方關於遙遠國度那個女孩子感情生活的熱烈討論，各種版本流傳的八卦，和舉國的擔心，一時之間不知道應不應該窮追不捨對嘉嘉繼續發問。

嘉嘉溫柔地看著我，說，他們難道不明白嗎？所謂天堂之國，實際上是多麼無聊的地方。我的事，真的沒有什麼好說的。還是你告訴我，告訴我你的少女最後去了哪裡？

我知道她一定會這樣問，便把答案告訴，後來他們舉家移民，她中學沒有畢業就去了別的國度。

嘉嘉呀一聲，表示遺憾，她說，倒不如現在，移民聖吉尼斯・路易斯，甚至不用離開你們自己的國家。

但是，她像突然發現問題的癥結，她奇怪地問，但是，為什麼要移民呢？你們到底為什麼都爭先恐後地要去別的地方，即便不離開，手中也要握著別的地方的護照？

遠處的太陽突然咚一聲墜落到海裡。天空另一邊，月亮突然開始發出冷色調的光芒。我聽見周圍細細碎碎的崩裂之聲，那些露珠終於爭先恐後地裂了開來，果然如嘉嘉所說，那最後的光芒有驚心動魄的美麗，但是我突然覺得心中疼痛，無法把話題進行下午。

我說，嘉嘉，我們明天再說這個話題吧。

晚上回到酒店，我從手提箱裡取出資料筆，與牆上的屏幕接通，然後從房間的酒櫃裡倒一杯龍舌蘭，把拉攏的窗簾重新打開，天空深藍，月亮像一個大玉盤，大得有點離譜。我找到與龍舌蘭酒相配的鹽，猶豫著要抹在杯口，還是放在手掌虎口上，喝一口酒，舔一口鹽，像許久以前與一大群朋友共飲時一樣，但是馬上改變主意，把鹽放回去，只加上冰塊。

屏幕上出電影一般的畫面，我熟悉的我的那些城市的繁忙的街道和匆忙的人群，巨大的廣告牌標榜的不是名車，房產，而是移民去他方的的旖旎生活理念。鏡頭切換，出現總督夫人的臉，她看著鏡頭，像看著遙遠的他方，視線好像穿透在屏幕前看著她的我。她幾乎是有點吃力地開始她的表白，她說，下面的一些事實，是我們希望嘉嘉了解的。對於她自己為什麼會在聖吉尼斯．路易斯長大，我們為什麼要作這樣的選擇，我想我們應當作出一些解釋。事實上，她應當覺得驕傲——對於她為我們做出的犧牲，……不……或者應當說是貢獻。

總督夫人停一停，然後說，我總覺得有一個人親口跟她解釋會比較好，遠勝於讓她自己看這裡的影視資料。如果你在看這一段話，那麼這個人就是你了。她吸一口氣，眼圈像紅了一層，然後把嘴唇抿起來，嘴角不由自主往下彎，卻又被她自己挑起來，像是強忍住懸在半空的那麼一滴眼淚。她說，總之，拜托你了。

然後，她在屏幕上淡出，像隨風而去的一個淡淡的影子。

接下來的影片講的是最近這幾個世紀發生的事。我彷彿身臨其境，那根本也就是我自己的故事。

有的人離開，有的人留下來。這個民族自從認清沒有任何一個國家是在這個世界的正中央之後，就漸漸開始往外走，越走越遠，在彼處落地生根，也未必葉落歸根，樂此不疲。那些人被稱作華僑，在我幼年的時候經常穿著條紋西裝，戴著墨鏡出現，身上或也戴著金飾，在服裝習慣單調和大同小異的人群中讓人產生春暖花開的遐想。我的父母因為這樣那樣的遐想先後離開，就再沒有回來。他們走的時候帶著許多口箱子，箱子裡裝的不是他們對這個地方會產生的想念，而是要在一個陌生地方生活需要的基礎的消耗品。我定時收到他們的信，知道他們開始創造新的生活，積累新的財富，並且試圖用那些財富來改變我的生活。我的父母漸漸變成一個符號；我的物質漸漸開始變得合理化地豐富，兩隻腳踏在土地上，覺得自己可以頂天立地，這是我的少年時代。我不覺得自己會有離開的念頭，但是我身邊的人卻作出不同的選擇。我以為她會滿足我們身邊的那些風月花草，但是她覺得要到別的地方去看一看。一面猶豫，一面還是離開。是的，她也叫作嘉嘉。

不過，我沒有跟那個嘉嘉講的是這個嘉嘉後來其實回來了。只不過，她回來的時候，我們周圍的世界已經變得不一樣。當然，她也是因為這些不一樣回來的。

在她離開的那些年裡，我們一直在向那理想中的物質世界靠近，幾乎靠得那麼近，所以她回來顯得順理成章。她回來了，我以為從此就用不著擔心遠離這樣的事了。

窗外的明月一動也不動，看上去像一輪相當年輕的月亮，光芒柔和，充滿召喚。屏幕上的影像隨時間的順序轉換，每一個畫面都像要在我心上硬生生開一扇窗，沒有什麼往事有沉睡的資格，讓我不得不把目光從月亮上移開，回到屏幕上來。

花了很多時間看完影片，我重新站在窗前看外面明月下的海洋。我不知道明天要怎樣跟嘉嘉解釋我所知道的我的那個世界和我們的那些行為。而我自己的行為呢？連我自己也說不清楚，或者不願說清楚的事，如何向嘉嘉那樣的少女交代？

但是，嘉嘉第二天跟我說，不要把我當作少女。如果你來了聖吉尼斯·路易斯，年齡就完全不是那麼一回事了，換而言之，你不用再考慮年齡這種無聊的事。就像在天堂一樣，我們……我們只要關懷彼此就可以了。

我懷疑，那話語裡是不是帶著挑逗，但是那天長髮披肩的嘉嘉站起來，拿起一支長笛，一鼓作氣吹出不成調的響聲，然後自己咯咯地笑起來，說，天堂裡想必都是我這樣不長進的人，你說，天堂裡的人，還應該有什麼樣的理想？

嘉嘉那天穿著古希臘女神雕像身上流行的長袍，說話的姿態如同古羅馬演講者那樣從容，抑揚頓挫，我以為她還要再說點什麼，她卻把長笛放下，端坐，手放在膝蓋上，好像我幼年時候聽話的小學生。不過，她問小學生不會提出的犀利問題，她說，聽說你們那個地方，每個人的理想就是多拿一本別的護照？是這樣嗎？你們難道不愛自己的土地？不想在那裡永遠地住下去？

我回答她，不，相反，正是為了我們愛那塊土地，想要在那裡永遠地住下去。

我緩緩地說，不錯，我手上一有一本聖吉尼斯．路易斯的護照，從許多年前開始我就有這本護照了。

但是，這才是你第一次踏上這個地方？嘉嘉問我，那你要這本護照做什麼用？聽說取得護照的代價相當昂貴，手續也繁瑣累人。

我申請護照的時候，代價還沒有這麼昂貴，手續也相對簡單。我一面說，一面回憶，不自覺地側過頭臉，耳邊隱隱聽到海的聲音，但是過去的事是這樣遙遠，過去的想法也輕如鴻毛，不可捉摸。

這不是重點。少女嘉嘉咄咄逼人地問，你究竟要這個從來不用的小本子做什麼？

因為安全感。我嘆口氣，只得這樣說，感覺好象打開了潘朵拉的盒子，我一字一句地說，為了在我想要離開的時候隨時可以離開。

在離海很近的暖洋洋的花園裡，嘉嘉坐在秋千架上，長長的裙襬拖在地上。她輕輕搖盪，說，哦？

我思索一下，說，那一年，我們那個地方發生了幾件事。這幾件事都與嘉嘉的父親有關。

嗯？

是那一個嘉嘉。我解釋。

哦。

嘉嘉回來的時候是舉家回來的。我這樣說，是的，嘉嘉後來又回來了。這邊的嘉嘉看上去有些驚訝，眼睛圓圓地看著我，我望著那如同純潔小動物般好奇地眼神，繼續說：

他們家在所謂世界的彼岸做了什麼，我全無所知，不過他們回來的時候，突然以一種超然的境界出現，原本是在大學裡教書的普通講師的嘉嘉父親，突然變成了人們熱烈追隨的所謂人民的聲音。他總是一針見血地指出各個領域，包括學術，工商甚至政府的弊病，憂心忡忡，替人民說話，也鞭策人民，說什麼話都像雷聲一樣轟隆隆地出現回響，有人愛他，也有人討厭他。他們家在郊外置下了一間大別墅，生活講究，並且彷彿生來就是那樣。一面這樣過著優渥的生活，一面大聲為弱勢群體說話看上去好像也沒有什麼不妥。我當然高興也來不及，雖然覺得意外，也不太習慣他們家新的高度，但是從嘉嘉第一次來找我開始，我們便又繼續約會。只是嘉嘉常常心不在焉，她不再學習，也不工作，好像只是專心地生活著，但是她的知識好像突然變得廣泛淵博。不過，她不再對我們以前去的地方感興趣，與其坐在草地上聽鳥唱歌，她變得比較願意坐在色彩漂亮的沙發上，喝一杯用各種人工味道配製的薄荷茶——難道這不是大家想要的生活？她看到我的困惑，不打算解釋，只是這樣說。

對於嘉嘉的這句話，當時還引發了為時頗長的議論，就是究竟什麼才是大家想要的生活。如果以嘉嘉的家庭為參照，移民還有沒有必要？有人說像他們這樣的家庭還不是回來了，那何必還要出去呢？也有人說，他們難道不是因為出去了，才變成這樣的家庭的？大家開始對他們的生活經歷本身出現排山倒海式的好奇。嘉嘉的父親在這件事上少有地三緘其口，越發讓人咄咄逼人地緊追其後，咬住不放，直到後來出現別的讓人津津樂道的話題，有個小女孩開始很高調地炫耀她移民在外的光鮮生活，她把自己每日的行程做成視頻在網路上廣泛流傳，惹惱了大家，因為這樣自說自話要替大家回答無法解答的問題，簡直是太天真不懂事。她也許真的不明白，眾人這般熱烈地討論，無非是要說服自己，找到在自己的土地上永遠待下去的理由。不管怎麼樣這轉移了大家的注意力。嘉嘉的父親大概鬆了一口氣。但是，不管怎麼樣，這也是預料中會出現的狀況。做公眾人物在任何時候是有代價的。

坐在我對面的嘉嘉聳聳肩膀，好像不屑一顧。

我沒有空琢磨她的想法，只想快點把要講的故事說完，所以仍舊接下去說：嘉嘉的父親，當然是那個嘉嘉的父親，如果光這樣發表一些評論倒也罷了，那反正是個言論自由的世界，說的話有人愛聽，有人不愛聽，沒有什麼了不得的，但是他卻繼續昇華，或者自己也不甘心如此，慢慢地他竟然成了一個預言家，而且是個可怕的預言家。在某一段時間內，他所有的可怕的預言都變成了真的。

這邊的嘉嘉瞪大眼睛。

我彷彿回到那可怕的一年，臉色恐怕非常地不好看。我說，那一年，發生許多事。每一件事都由嘉嘉的父親提出警示。他說到航空系統欠缺完善管理，就有一架飛機因為零件故障從天上掉了下來；他剛剛開始擔憂全國連鎖性奶牛場會因為人為原因被某種細菌感染，全國就出現大規模嬰兒奶粉中毒事件；他剛開始提醒要注意過度的基因改造試驗，大豆突然大面積死亡，幾乎顆粒無收，讓那一年的糧油市場亂作一團；他說要注意豬肉的營養安全，立刻有許多飼養場的豬發了瘋，整夜跳舞，讓許多人覺得恐怕要改信回教，才能從此斷絕了吃不到豬肉不甘心的念頭；他一關心能源，位處人口密集地區的核電站在一次颶風之後出了故障，要疏散幾百萬人口，唯一慶幸是沒有到真正洩漏的地步，但那座核電站因此關閉，那一帶的供電在好幾年都跟不上需要。我們都在那個地區範圍之內，我記得那短期的大遷徙過程中眾人惶惶不可終日的樣子，到現在還覺得害怕。走出玻璃大廈林立的城市，人群繞著幾座大山遠離，回頭看山下的城市，在夕陽下閃閃發光，那最高的大樓才剛剛落成，通體透明，最高處像帆船般透明的翼，本來正要舉行盛大的空中派對，然而一切像海市蜃樓一樣，什麼都是浮雲。很多人在哭泣，因為心中放不下那些浮雲。

那嘉嘉他們家呢？他們也在那逃亡的隊伍之中？這邊的嘉嘉問。她用到逃亡這個詞，讓我覺得很有趣，沖淡了我心情中由於回憶帶來的不安和困惑。

我望向左右，這樣寂靜旖旎的無人午後，跟那年逃亡路上擠擠攘攘的驚恐的人群相比，是那樣截然不同。覆蓋著白色桌布的小圓桌上擺著下午茶糕點和飲料，我們都還沒有動過。我清清喉嚨，但仍舊聲音乾澀。我用乾巴巴的聲音繼續說，嘉嘉他們家沒有跟我們一起疏散。我們回來的時候，他們一家就消失了，再也找不到了。

什麼？

對，就是完完全全地消失了。他們的別墅還在，桌上還放著那天的早點，雞蛋在蛋杯裡剛被敲碎了殼。切開的蘋果已經氧化泛黃，縮小了一圈。煎好的雞蛋還在鍋子裡，蛋黃不知道怎麼破了，流出來又凝固起來。嘉嘉的外套還搭在椅背上。他父親的煙斗裡剛裝了煙草。她母親的手提袋半開著，有一管口紅打開了蓋子，還沒有完全裝回去。但是他們都消失了，再也找不到了。

是誰發現的？是你嗎？

我不願回答她的這個問題，事實上回憶中那個早晨帶來的驚懼我說什麼也不想再經歷，來連提也不想提，我只是平淡地說下去，也許也不算奇怪，嘉嘉父親的最後的一個預言是，消失，一切都會消失。原本，別人並不明白，以為他講的是一個深刻的哲學問題，但是事情發展到那樣的地步，恐怕就像他所有別的可怕的預言一樣，這一個也變成了事實。但是可怕的是，在他們空無一人的家的客廳的沙發下面，記者找到一張紙，草草寫著幾個字：

這片大陸終於會得陸沉，所有一切總有一天也會消失，但是我會給你幾天的時間。

這張紙引起了大恐慌，專家多次進行鑒別，確定那是嘉嘉父親的手跡，但那究竟是什麼意思呢？

嘉嘉咕噥著，這不是說末日嗎？

我看她一眼，她手上有一枚碩大的戒指在陽光下閃了一下光，仔細看，卻是一枚碩大的露珠，不知用什麼方法嵌在戒指底座上。我回答，你說得輕鬆，但是那時候誰也不敢用這樣的字眼。

結果，日子還不是過到了現在。嘉嘉懶洋洋地說。

我繼續我的陳述的工作，大家不知道這是不是這一家人消失之前嘉嘉父親最後的預言，當然即便這是預言，這個人已經消失了，那麼這所謂的預言還作不作得了準呢？這都是很難下定論的事。但問題是，如果這是真的，那麼要怎麼辦才好呢？所以，移民，一時又變成炙手可熱的話題。聖吉尼斯·路易斯只是眾多選擇中的一個。當然，縱然這裡再美麗，再接近天堂，移民政策再寬鬆，也無法接納太多的人口，但是當大家意識到這一點的時候，選擇移民這裡的人口已經達到最大負荷，這也曾引起嚴重的外交問題；但是讓所有人鬆一口氣的事實是，過了一段時間人們發現原來大家只是要一本可以隨時離開的護照，而沒有立刻出走的計劃。所以，一年復一年，就變成了今天這個樣子。

你是說我被留在這裡這個樣子？

我有點不自然地回答，也可以這麼說。這是隨著時間過去，人們逐漸達成的協議。移民人口帶來豐厚的財富，這本身也是移民過程中大家達成的共識。資產需要管理，這裡固然是天堂一樣美麗的地方，但是維持這樣的美麗，以及在摩登的世界裡跟上一切新技術的腳步，所需要的一切補給都來自外面。這裡的原住民其實一向與世無爭，既然移民人口大過原住人口，且手握更多資源，就讓出管理的位置來也無妨。你父母就是因為這樣的機緣當選成為這裡的總督，遙控管理這裡的一切。

哼。這邊的嘉嘉從鼻子裡發出這樣的聲音。

我替自己倒了一杯茶，茶的味道異常芬芳，以致讓我後悔，為什麼沒有早一點倒一杯，緊繃的心情也許會輕鬆一點。我繼續說，雖然一開始，島國居民也擔心移民蜂擁而至會擾亂原本生活的平靜，但是人們久久不來，島國居民也擔心原本彼此在移民政策下作出的承諾會不會無疾而終地泡湯。

我們一時間沉默下來，這邊的嘉嘉一面盪秋千，一面思考，然後盡量態度輕鬆地說，所以，他們把我送到了這裡來。

是的。我點頭，

換而言之，是我的父母不要我了。

我安慰她，其實，在這樣的時代裡，大家都相信彼此的情誼不需要面對面來維結。只要你們願意，你們隨時可以在屏幕上看到彼此。我停一停，覺得這樣說實在有點牽強困難。

嘉嘉用嘲弄的口吻說，古文裡倒有，海內存知己，天涯若比鄰。相必那個時候，他們沒有我們擁有的技術，尚且這樣自信，我倒是不該抱怨的了。我知道，他們想我永遠留在這裡。可是，難道他們不知道，人大了，就有自己的意願。

嘉嘉。我低聲喚她的名字。

而你呢？你就這樣任由她消失了？

嘉嘉，你不明白。我的心缺一個口，至今沒有痊癒過。

她站起來，臉上好像一下子失去了血色。她彷彿累極了，輕輕問，所以，你的那個少女也永遠地消失了。是誰帶走了她？不過，她好似不在乎是否得到我的回答，靜靜地站了一會兒，她抱歉地對我說，我有點累，失陪一下，但是請你不要走。

她走出花園，走回到後面的房子裡去。白色的建築，有橙紅色的屋頂，藍色的木窗。我呆呆坐在原來的位置，今日的下午好像特別長，太陽總是不墜下去，一直在天空之頂。我不知道接下來該怎麼辦。昨晚的影片沒有提到這一點，沒有任何建議該怎麼做。我只好等候著。

在充滿花香的空氣裡我的睡意突然濃得化不開來，身體滑下去一點，頭靠在椅背上，倒頭便進入夢鄉。在那把斜度剛好，鬆軟體貼的椅子上，有花瓣被風吹過來，在我額頭掃過，又滑落。我迷迷糊糊地想，也許我自己應該永遠留在這裡才是。

後來，我是被小聲的爭執吵醒的。睜開眼睛，就看見嘉嘉換了衣服，一副要遠行的裝扮。頭髮在腦後面編成一條長辮子，長袍換成了白襯衫和卡其褲，穿一雙看上去走一百里路也不會讓腳勞累的很舒服的小靴子，並且拎了一個鼓鼓的保齡球袋。管家亦步亦趨跟在她旁邊，我聽到他說，嘉嘉公主，你究竟要到哪裡去。

嘉嘉則笑嘻嘻地說，我送司馬回酒店。你有什麼可擔心的？我的旅行證件全不在自己手裡，最遠我也不過能走到島的另一端而已。

我從睡夢中醒來，狐疑地看著他們倆。嘉嘉不由分說，把我從椅子上拉起來，我跟著她幾乎是小跑地上了她的車，這次她開一輛骨董MINI COOPER，纖小得不像話，發動車子的時候，她把保齡球袋扔在駕駛座後面。車子小，引擎的聲音卻很大。管家站在白房子前面目送我們。嘉嘉的話讓他無可反駁，但是看得出他還是滿懷擔心。

酒店裡除了前臺，沒有一個人，嘉嘉像回家一樣，拉著我的手，急步走，穿過鋪大理石的大堂，坐上電梯，在第二層走出來，踩在柔軟得像要讓人身陷其中的地毯上，地毯是海藍色的，像海洋最深處那樣的藍，白色的牆發出貝母般的光澤，我像在幻境裡，一直走到我房間的門前。

嘉嘉……開門的時候，我有點緊張，低聲叫她的名字。

嘉嘉神態自若地在門打開的時候，走進去，把袋子放在沙發上，然後把身子重重地扔在床上，似乎在實驗床的柔軟程度，然後站起來，看窗外的景色，接著打開酒櫃，找出我喝過的那瓶龍舌蘭，倒在兩個杯子裡，在櫃子和冰箱裡仔細找了一遍，就拿起電話叫了鹽和切片的檸檬。東西很快被送來了。服務生看到嘉嘉的時候，有點吃驚，但什麼也沒有說，周到地做完一切退了出去。

她把鹽抹在手背上，然後舉著酒杯問我，要一起喝酒嗎？我走過去，把她舉在唇邊的酒杯拿過來放下，想要開口，嘉嘉卻已經又拿起酒杯，另一隻手把手背輕輕按在我唇上，手背上的鹽像細小的針一樣覆蓋在我的唇上，然後她把酒杯遞過來，傾斜酒杯，在我來得及作出任何反應之前，辛辣的酒穿過鹽分滾滾地自舌尖翻滾而過。

嘉嘉！我在能夠作出反應的後一分鐘裡退後一步，低聲呵斥，想要責備，卻不能制止她把手背放在自己的嘴邊，用舌頭舔去剩餘的鹽分，咬一口檸檬，然後把剩餘的酒一飲而盡。我失聲搶過酒杯，嘉嘉用勝利者的姿態看著我，說，太遲了。然後，她搖搖晃晃扶著旁邊的桌子差點摔倒，我只好扶住她，她過分用力地抓住我的手臂，說，我好睏。

我有點哭笑不得，只得把她攔腰抱起輕輕放在床上，她的手緊緊地扯著我的手臂，讓我無法掙脫，我無計可施，只好靠著她坐著。不知道是不是因為那口喝下去的酒特別強烈，還是疲憊，我的眼皮變得鉛一般沉重，意識也變得渾濁模糊，困乏得只想睡覺。迷迷糊糊地，我感覺到身邊的嘉嘉枕著我的手臂，囈語著，請帶我離開這裡。

我嘟噥著回答她，不行的，嘉嘉，這不是我的工作的一部分。你不能離開這裡，你也沒有辦法離開這裡。你不是沒有你的旅行證件嗎？

請帶我離開。她這樣說，我不要再生活在畫裡了。讓我穿過你的夢，帶我離開這裡。

我不知道，嘉嘉，我真的不知道我做不做得到。我聽見自己這樣說。

你可以的。不要讓我一個人消失在這個地方。不要讓我像你的那個嘉嘉一樣地消失掉。

她的這句話，讓我突然覺得痛徹心扉，痛得讓我像一塊沉重的石頭墜入到極深的睡眠中去了，沉睡之前，我感覺到嘉嘉手上的戒指，碰到我的手臂，那飽滿的露珠居然還沒有破，卻脫離了戒指本身，冰涼地在我身體上滑落，在這樣的過程中啪地一聲崩裂了，然後我模糊地聽見窗外的雷鳴，好像下起了大雨，想必閃電也來得非常的凌厲，我還沒有看過聖吉尼斯・路易斯下雨的樣子，但是我看不到了。

我醒來的時候，房間裡的電視開著，正播新聞，新聞主播說，這是二〇一二年六月一日，兒童節。我的腦子依舊因為睡夢而有點渾濁不清，難道我做了一個夢，夢裡套夢，在二〇一二年的夢裡又去了二〇二七年的夢？

一時之間，什麼都變得那麼不真實，對於身邊的人和事，我好像全都記不清楚了。我想也許我應當到外面去看看，看看這個世界到底是不是在我睡覺的時候變了一個樣子。我走出房間，坐電梯下樓的時候，電梯裡有一對年輕的夫婦，拉著一個兩歲女孩子的手，女孩子穿著紗裙，戴著大蝴蝶結，好像要去參加一場盛典。他們低聲熱烈地討論著什麼，我聽到聖吉尼斯．路易斯這個名字，聽到作母親的問小女兒，嘉嘉，我們嘉嘉會不會喜歡聖吉尼斯．路易斯？我們全家移民去那裡好不好？聽說那是個美不勝收的天堂之國。

小女孩沒有回答母親的提問，突然轉過臉來看著我。

我看著她，聽到自己的血液汩汩流動的聲音。世界一下子變得那麼安靜。

我突然很想找一個地方，痛痛快快地哭一場。

電梯的門叮一聲打開，他們一家三口走了出去，我依舊站在那裡，我聽見電梯外面小女孩的驚呼，說，他怎麼沒有出來？他去了哪裡？

電梯緩緩地重新上升，我的眼淚慢慢地流了下來——為我那些我追尋而沒有得到的一切。我分不清是否在夢境裡，而電梯門打開的時候，外面會是怎樣的一個世界。

二〇一二年十月

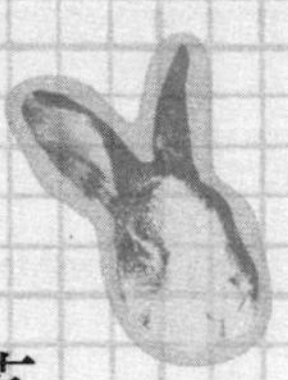

# 下部。落花看景共寥落

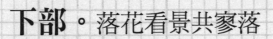

# 龍井問茶之陽春白雪

起初，那是段三角的戀愛。也不算太複雜，三人而已，只不過，那是三個男孩子。他跟第二個男孩子開始交往的時候，第一個男孩子表現出所有失戀人的典型症狀，苦苦哀求，糾纏不休，喪失理智，無助沮喪，彷彿回天乏術。

結果，那個男孩子開始抱著滿懷玫瑰出現在他的宿舍。旁人送玫瑰，花朵大多含苞欲放，而這些花卻全都轟轟烈烈怒放著，不知從哪裡找來的，令人側目。事情發展到這個地步，他開始覺得不妥，在學校裡，某些事還是不要引起注意比較好。他感覺到愛情之外的壓力。

正是學期結束時分，於是他乾脆一走了之。這一走，就從北京，走到了杭州。

純粹為著散心，從北方的泱然大都走到一個江南的小巧城市裡去藏身。他只告訴了一個人他的去處，他只能為一個人負責任，那個人當然就只能是他愛的那一個，所謂情場如戰場，除了留下來的，別的都是外人，被淘汰出局。

第一個男孩子同時辦理了休學手續，據說後來去了美國留學。都以為轟轟烈烈的一件事，戛然而止。剩下的是他們倆的故事。多年之後回望，在這個多變的世界上，這之後的一切細水長流竟然也像是一種意外，也許值得慶幸。

那年那個冬天，他去了杭州；第二個男孩子，在一個星期後，也來到了那個城市，自然是來找他的。

他們兩人，一個叫清宇，另一個叫韓波。

這才像一個故事開始的樣子。

他們的名字各取一個字合在一起，就是清波二字。

杭州有一處地名就叫清波門，兩人初次聽見那個名稱的時候，下意識地相互望了一眼，覺得是個好兆頭。

天寒地凍，他們隔著起了一層霧氣的車窗看見寫著清波街名字的街牌。是韓波先看見，就叫清宇也看。計程車開得飛快，轉瞬間就把那條小巷拋在後面了。由於車子的震動，他們身子朝一邊傾斜，倒在一處，然後下意識地彼此抓住手掌，握緊。

司機彷彿不經意地從後視鏡裡看了一眼他們握在一起的手。他們有所覺察，便很有默契地正襟而坐，緩緩地互相將手抽離，然後相視而笑，笑中有點歉意，不知為什麼抱歉。

他們的目的地叫做龍井，是杭州產茶的地方。

下了車，有一個被冬衣裹得嚴嚴實實的中年人，彷彿一早伺機而候，看見他們，就走上來，問，茶葉要不要？正宗的龍井茶要不要？

他們說現在不要。

中年人笑瞇瞇地不走開，一臉你確定真的不要嗎的表情。

清宇伸個懶腰，聞到山間清冽的空氣，至此方覺得有點輕鬆，他再次回答，不要，現在還不要。

韓波則問，龍井村在什麼地方？

就在這裡，中年人一面哈著白色霧氣，一面指著周圍說，就是這裡。

時值冬天，山並不青翠，但比起北國的冬來，這裡還是盡顯出江南的韻致，對他們來說，這分明是另一個世界。

中年人跟在他們旁邊不離不棄的，清宇和韓波倒笑了，問，你倒是跟著我們，要做什麼？一直跟下去，也不會買你的茶。

中年人也笑，說，不買茶，去喝茶總好吧。

喝什麼茶？

農家茶啊？就是在農家喝杯龍井，氣氛很好的，還可以吃中飯，家常小菜，勝在清淡。

沒有胃口啊。

飯總是要吃的，是不是？而且保管讓你們覺得滿意。

還是算了吧。

你們不是本地人吧，難得來玩，就要開心點，什麼也不想做，算什麼？

都說了不去了。

再想一想嘛。

實在不能擺脫他的糾纏，韓波就說，在哪裡？我們先走走，過一會兒再去，你把地址告訴我們。

你們找不到的。我帶你們去。

說了不想現在去啊。

那麼，我在這裡等你們，說一個時間，我候著你們，再帶你們去，這樣安排，是不是很好？

兩人對中年人的執著一半有點不耐煩，一半有點無可奈何，看架勢，如果不答應，他好像會一直緊隨其後了，於是就有點勉為其難地說定了一個時間。

要來啊！中年人望著他們的背影，不忘記這樣提醒他們，聲音充滿殷切的盼望。他們點點頭，回身走幾步，就上了山路。

清宇穿一件紅色夾克，遠遠看過去，好像平地一聲而起地轟然地熱鬧著，但心裡還並沒有這樣的熱鬧，最多只是逐漸地有些溫暖。

人生並不複雜，而且才過了一點點，但卻讓人覺得好像是一場巨大的戰役剛過去，也不知道後面還有什麼等著。就彷彿是硝煙前的寂靜，讓他們覺得一點點的哀傷和無奈，於是兩人走了一段路，總是無話，路上沒有別的行人。江南的山巒到底與北方的迴異，即使在冬天裡，也沒有凜然蕭瑟的氣象。山路兩邊有茶園，冬天的茶樹顏色有點陳舊。再高一點的地方，有些樹倒是脫盡了葉子，枝幹的線條看上去倒是輕快明朗，可好像不過是裝點冬天的布景，儘管氣候濕冷，卻不是個淋漓盡致的冬，委婉地說不出是什麼被掩蓋住了。

他們這樣沉默著並肩走了一段路，在一個轉彎的路口，互相看一眼，卻同時笑了。笑容溫暖，周圍仍舊是冬天，但在這個時候，他們發現有點喜歡這南國的冬天。

清宇於是先開口說，先就這樣吧。往後的事，誰也說不清。今天能在一起，這樣就……已經不錯了。

韓波想一想，點頭同意。

兩人覺得這有點像是一個約定。因為有心事，一路的風景倒像是過眼雲煙一樣，不像會給他們留下深刻的印象。來了，又走了，就這樣簡單。

他們往回走的時候，比預想的要遲，那個中年人果然在說好的地方等他們，而且等得有點著急，看見他們，就笑了。這次他們也露出笑容，說，真的在這裡等我們啊。

那是當然的。中年人說，不遠，幾步路就到。

已經過了正午，他們走進那戶農家的時候，穿過小院，裡面正走出前一撥吃完東西的人，一陣喧喧嚷嚷之後，屋裡院裡都安靜下來，一個年輕女孩子正在收拾桌子，聽見他們進來，沒有抬頭，就說，馬上就好了。

室內生著炭爐子取暖，暖洋洋的，布置很尋常。正中一張大的八仙桌，靠窗又擺了兩張小桌子，牆上掛了兩幅很普通的卷軸，並沒有很濃厚的尋常人家的生活氣息，但是如果以餐館的標準衡量，卻又淡定得多。他們揀了臨窗的位置坐下，中年人已經用白色細瓷的蓋碗茶盞斟了兩杯茶出來，說是龍井。他讓他們看茶盞裡懸浮的碧綠茶葉，補充說，是正宗的龍井哦，雖然不是新茶——季節還沒有到嘛——但是一直密封放在冰箱裡，只有貴客來了才拿出來——看，茶葉多綠！——特別不用玻璃杯泡，現在都用玻璃杯泡綠茶，但玻璃杯沒有情調嘛——對不對？

一番話，說得兩人又笑了。他明明是做生意的，來往都是客人，哪裡真成了貴客了。剛才抹桌子的女孩子這時候走過來，遞上兩份菜單，問，要不要吃中飯？

清宇抬頭正看見她的臉，竟是長得極明媚的一個女孩子，一瞬之間，簡直有春天般的陽光照亮了整個屋子。清宇看她，她倒不害羞，臉上的微笑沒有多一點，也沒有少一點，很大方地說，要不要看看菜單再決定。

韓波說，好啊，我們先看看菜單。他看見女孩子的臉，也是微微一怔。

女孩子退下去以後，韓波說，真不像是生在這裡的女孩子。

清宇說，也是，看上去，有點特別，說不清是什麼。

這時，中年人端來兩碟長生果和瓜子，一面將碟子、碗、筷依序布置好，清宇和韓波沉默著沒有繼續話題，隔了片刻，中年人突然說，她是我女兒。語氣中有很明顯的自豪。

清宇和韓波有點意外地哦了一聲。

中年人說，正在準備考大學呢。然後他忽然問，你們是北方人？

是，住在北京有一陣了。

中年人高興地說，我女兒想考到北京去呢。

清宇和韓波覺得他話多，但不得不接過他的話頭，說，很好啊。

這時，聽見那女孩子在後屋急急叫了兩聲爸爸。中年人就走回到後面去了，有一些絮絮的說話聲斷斷續續地傳來，聽不清在說什麼。

他們於是低頭細看菜單，菜名都很平實，比如本雞煲，炒螺螄，肉燒毛筍乾，野芹菜，椒鹽野魚乾，菜滷豆腐，看著倒果然讓人覺得開胃。

中年人再出來的時候，話少了很多。點了菜，菜上來，味道很好，漸漸平息他們心中的一些不安和焦躁，一頓中飯竟然吃得很圓滿。那個女孩子後來卻沒有再出現。因為她長得漂亮，倒給他們兩人留下了奇異的深刻印象。同時記得的還有桌邊窗子外面連綿一片的茶田。最後中年人要賣茶葉給他們，他們也買了。

買的茶葉後來卻沒有喝完，最後到哪裡去了，也不太記得清。那之後不久，他們大學畢業，從此邁向了另一階段的人生。

其實，這些，都是多年前的事了。那年，兩個人想避開一切，到一個陌生的地方去，卻被一個陌生的人糾纏著，硬拉回到世俗中，有點啼笑皆非，但人生常常如此。之後，時間一樣流逝，他們的路也並沒有想像中的艱難，經歷了那個南國的冬天，心情也像柳暗花明，算是過了一關。後來，也有一些等待，自學校畢業之後，發現校園裡的那些壓力其實不算什麼，到了社會上，自有更大的壓力會壓得人喘不過氣來；然而，所謂的壓力，自己不介意，也就先卸了一半了。

總算，結果還是好的，那麼多年過去了，他們還在一起。

這中間的幾年若要簡單地說，也說得清楚，必然是有些周折的。清宇一直留在北京，韓波則離開又回來，其實算是回家，他的家人在美國，本來回來當交換學生，在北京念一年大學，有尋根找文化的意思，而且像一切美國長大的少年，全然沒有文化的負擔，來的時候輕鬆快樂，只不曾想到，後來的事複雜了許多。韓波畢業那年，沒有猶豫地回到北京，清宇也仍舊還在北京。回來見面的那天，恍若隔世，連笑也不能表達心中的歡喜，結果藉著酒，流下了幾滴淚，又讓笑遮掩了過去。於是想，從此，開始平淡的人生，天老地荒，在一起，就是了。

查小茶出現的那天，清宇和韓波正與幾個朋友一起喝酒聊天。查小茶到得晚，是其中一個朋友的女朋友，她背著光站著向大家說抱歉。服務生正緊隨她之後送酒上來，她側身讓一讓，燈光照到她的臉，一眼望過去，令人覺得異常明媚。這樣的明媚似曾相識。

查小茶記性好，而且聰明。她坐下來，看到清宇和韓波，忽然說，我們見過。旁邊正有人作介紹，說，查小茶是杭州人。

兩人本來在杭州就不曾見過什麼人，於是立刻恍然大悟，說，是你！

查小茶抿嘴笑，說，不錯，是我。

眾人聽得像打啞謎，正要追問，又有人遲到，急匆匆地入座，這邊的話題就被岔了過去。

查小茶坐在她男朋友和韓波之間。乘著滿桌熱鬧，她將頭湊過來，說，那次看見你們，在一起，現在也還在一起啊？

她在第二次見面就一眼將他們看清楚了。

席上有人問，查小茶，你的名字為什麼那麼奇怪？

因為我們家是種茶葉的。她的回答讓大家笑了一回，只當她是開玩笑。清宇和韓波卻知道那是實話。

查小茶又將頭湊過來，扳著手指數有幾年過去了。問她這些年在做什麼，她說，在傳播公司，做幕後，有時也做做主持人之類的活。你們呢？她問。

清宇便說，他是做室內設計的，韓波的工作則在某個外企。

她只管跟他們兩個人密密地聊，她的男朋友倒不介意，只管跟別人說話。這兩人各管各的，好像已經習以為常。

後來，有天將近半夜，查小茶打電話說就在他們家附近，能不能來坐坐。清宇接的電話，自然說可以，並且把具體地址告訴她。韓波聽說是她，詫異了一下，不知道她葫蘆裡賣的什麼藥，雖然見過兩次面，但似乎還沒有熟稔到這樣的程度。他們回憶第一次看見她的情形，都覺得當年的那個女孩子已經長大，時光之於她，好像風火輪一般——總讓人覺得變化是明顯的。

韓波開玩笑地說，這樣說來，跟她還是有點緣分的，人生有時候，簡直不可思議。清宇點頭同意，回想起那年去杭州，還是溫馨的。

查小茶坐下來，說，你們還是叫我小茶好了，再加一個查字，聽上去怪彆扭的。

你爸爸好不好？

好啊。

他還是老樣子？清宇開口問，話說出口，才覺得有點造次。

小茶卻不介意，很大方地說，那倒沒有，不用像過去那樣去找客人了——現在飯店做大了，也有點名氣了——這幾年流行農家茶，農家菜嘛！

哦。

清宇和韓波的公寓客廳有一面牆漆成了酒紅色，下面放了一張長長的中式案桌，沙發前的茶几也是中式的。清宇泡了功夫茶，抱歉說，沒有綠茶。

小茶說，對於茶葉，我沒有那麼多講究。

你們家不是種茶的嗎？

小茶笑一笑，聳聳肩說，正因為如此啊。她坐在沙發上，把身子完全埋在軟墊子中間，看上去很享受。

清宇跟韓波坐在她的對面，一起看著她，她穿著很隨意，一件印花的深色T恤，佩淺色粗布褲，仔細看衣服上印的原來是一群站在地球上的扁扁的小豆子，字是「Peas on Earth」。

清宇看了幾秒鐘才反應過來，看明白那行字的意思，然後想，她到底還是個孩子，怎麼說，也要比他們小四五歲吧，風華正茂呢。他們自己卻正是成家立業的年紀。不知道為什麼會想到這些，想到了，就有停留一秒鐘但疾速而過的彷徨。

小茶打量屋子，用很由衷地讚美的表情說，很漂亮舒服的一個家，是自己裝修的嗎？不等他們回答，她接下去說，真是羨慕，一直想要一個這樣的小窩，與喜歡的人守在一起。

清宇替她倒茶，很有耐心地聽她要說什麼。半夜特地跑來，不會真的只是閒聊而已吧。

小茶喝一口茶，將茶杯小心地放在茶几上，然後說，有點累，想找個地方坐坐，就想到你們這裡。好像被某種溫暖的東西吸引，全北京就只有你們倆讓我覺得溫馨。

她的話本身有點誇張，但臉上卻毫無誇張的表情。清宇和韓波，起初覺得有點好笑，但是心中頓一頓，忽然被感動，想起這些年的前塵往事，鼻子也酸了一下。三個人，沉默了數秒，好像等待空氣中的分子重新排列組合，然後在某一刻，空氣重新緩緩流動，不消再說多餘的話，他們忽然就彼此心悅誠服地成為了朋友。

事後回想，當真是被這女孩子牽著鼻子走，但多交一個朋友又何妨呢。小茶這樣乖巧，又善於揣摩別人的心事，卻不知道為什麼像她抱怨的那樣，孤孤單單，不消說男朋友，連普通的好朋友也沒有。那天的那個男孩子已經分手了。小茶有點悵惘地說，經常這樣子，來得快，去得也快。她看上去，的確有點煩惱。為什麼獨獨選了他們倆呢？也許就是因為多年前那一點喝茶的緣分吧，因為太湊巧，怎麼看也好像是哪裡偶爾洩出的一脈天機，錯過不理會，總是太可惜了一點。

旁人說起他們倆，開始還有點詫異，說，怎麼還在一起？不是說他們那個圈子，星移斗轉的，身邊的人換得快嗎？

自然會有另外的人接起話頭，說，那是一種情況，長情的恐怕是另外一種極端——就像他們，不好麼？

新時代裡，這樣的詫異若要再繼續下去，可就不必了。大家都隨著時間長大，當然能夠學會如何洞察人情世故和包容。況且，就像那個人說的，這樣不好麼？

小茶約他們吃飯的時候說，可惜沒有人愛我，否則，即使是個女孩子，我也跟她去了。

小茶啊，你這樣子是本末倒置了。等著別人來愛，還不如先去愛一個人，然後才商量回報。

小茶沒有很好地接受這個玩笑，臉上掠過一種害怕的神情，然後就沉鬱了許多。清宇和韓波不疑有他，但事實上，當時，小茶已經懷孕五個星期了。

小茶說，愛，這件事，我已經害怕了。

他們當她是在說笑。

後來，他們發現，所有事情，從發生到結束不過大半年。當然，有時候，不用一生一世，就可以做完一生一世的事，生老病死，繁衍子嗣，其實都不過是一瞬間的事。

事實上，他們都不是能夠用全部時間來談情說愛的人，能有一半時間花前月下，已經是勝算，剩下的時間，都要用來像鳥一樣辛勤築巢，建設人生。小茶也一樣，忙碌，社交，笑，皺眉，耍點小脾氣，休閒的時候穿各種印字的小恤衫，完全看不出懷孕的跡象，甚至也看不出，她與她愛的人，是怎樣繼續保持著一種焦灼的關係。他是否愛她，就說不太清楚了。

韓波在這個時候，去了一趟內蒙古，為了興趣，請假，與外國來的一群年輕人一起去做一輯關於內蒙的專題。像這樣的行程總是會一拖再拖，延遲了個把月，清宇跟他按時通電話，不過說一些瑣事。

到快回來了，清宇急匆匆打電話找他，接通了，他聽上去卻有點煩躁，長話短說地道，小茶出事了。然後停下來，似乎在理頭緒，但又放棄，道，也說不清，你回來再說吧。

回程的路上，照例坐火車，韓波看著外面大片的土地，一路上看著這樣的蒼穹和原野，一直地覺得人的渺小。這會兒，愈發看得有點忐忑不安，不知道小茶會有什麼事，聽清宇的口氣，好像有點束手無策的樣子。草原過去，就是城市，密集的樓群逐漸撲面而來，讓人有重回人世的感覺。

小茶出了什麼事？韓波問清宇，清宇將他的行李放到車的後箱，走回駕駛座，發動了車子以後，才開口說，小茶懷孕了。

韓波反而鬆了口氣，問，她有什麼打算，要還是不要。

自然是要生下來。都快五個月了，想不要也太遲了。

她怎麼這麼糊塗？

她才不糊塗。清宇嘆氣道，語氣裡有種無可奈何的佩服，也有點負氣。

怎麼回事？

她想把孩子給我們。

韓波啊了一聲，不曉得說什麼好。車子一路開過去，只聽見馬達轟轟地響著。

她現在在哪裡？

辭了工作。還住在原來的地方。

誰的孩子？

她說那不重要。

她，……她當真是異想天開。韓波用很平淡的語氣說，心裡卻波濤洶湧了幾秒。

回到家，清宇說不到外面去吃了，煮了湯，先喝湯。他把湯端出來的時候，用很平常的口吻說，其實，我們要能有個孩子，也不錯。

韓波坐在沙發裡，靜靜看著他忙，把菜擺好，端出碗筷。清宇坐下，回頭看他，他才慢慢站起來，坐到桌前。小小一張方桌，他們面對面而坐，大約在同時意識到，如果時間這般流淌，他們在這樣的一張桌前，一起老去，大概是他們能夠想到的最好結局，如果是這樣，就真的沒有遺憾了嗎？燈前月下，兩個人的這張桌子，總是會有孤清的時候吧。這樣的孤獨，如果來了，他們要怎麼合兩人之力去抵擋呢？他們偶然抬頭，互相看到彼此的眼睛裡去。

雙方的父母也許都知道，卻都沒有道破，沒有表示贊成，也沒有勸導。一句表態的話也沒有。老人在新的時代裡，不期然撞到了禁忌，待要怎樣，又投鼠忌器，於是如履薄冰，一步也不想走錯。

清宇的父親是個軍人，母親亦是。清宇帶韓波去南方的某個軍區探望他們。父母直當韓波是兒子的同學來招待。母親終於忍不住，問了一點韓波家裡的情況。後來在廚房，只有他們母子倆，母親終於忍不住，說，那年生了你，後來又懷孕。那時候，不是剛開始講計劃生育嗎？就把他拿掉了，要不然也是個男孩……你爸爸這幾年一直想抱孫子，就是孫女也好。家裡就你一個。他也不催你。

我也不催。你總是我們的孩子，你開心我們就好。

清宇留心看他父親的鬢角，大概是染了髮，倒是全黑的，但後面，新長出來的髮根卻是白的。

有些話，他忍著，始終沒說，謊話他不說，人大了，也有了自己的世界，他還是自私的。

韓波的父母到中國來旅遊，到了北京，住在飯店，卻也不說要上門來看他們住的地方，連住在哪裡也不問。韓波還有一個弟弟，一個妹妹，家境很好，看上去心無城府的樣子，跟清宇有說有笑。韓波的母親向清宇打聽中藥店，讓他陪了去，他一路惴惴不安，但這位母親一路只講京城的風光，毫不露聲色。過馬路的時候，她讓他扶著手，然後說謝謝，臉上看不出任何不妥。比起自己的父母，清宇覺得有更多的歉疚，但是還是一樣，他和韓波的心思是一致的，什麼都能妥協，就這一樣，不行，不能分開。

他們吃完那頓飯，也沒有真的討論一個結果出來，倒決定去看小茶，並且買了一堆吃的東西。

才進門，小茶迎出來，韓波看到她隆起的腹部，雖然有心理準備，還是嚇了一跳，脫口問，你還好吧？

小茶倒不顯得胖，低眉垂目，聲音聽上去很真摯地說，還好。謝謝來看我。不怪我算計你們就已經很好了。

小茶扶著牆站著，韓波拍拍她的手，握一握，小茶眼睛好像一紅，要哭的樣子，但馬上背過身子，將他們讓進屋去，掩飾了過去。韓波覺得有點淒涼。

一室一廳的房子，裝修得居然很豪華，也有點俗氣。小茶見韓波左右打量，便解釋，是朋友的房子，借來住一陣子。

韓波立刻收回目光，也不敢細問。

清宇不是第一次來，熟門熟路，自己到廚房去倒水泡茶。小茶坐在一柄靠背椅子上，有點傷感地說，我這是托孤。

韓波以為她心情不好，口不擇言，就說，別亂說，什麼事情不能解決。要不，先吃點水果，我們倆剛才給你買了草莓，李子，看你要吃什麼，還有葡萄，橘子……

小茶聽到他說的前半句，眼睛已經有光，不等他說完，就問，那麼你們是同意了？

韓波去看清宇，清宇端著兩杯熱茶，好像熱不可擋的樣子，一放下來，就有點無辜地看著韓波，問，你說呢？

韓波覺得逼不得已似的，擠牙膏一樣，從嗓子裡憋出一聲好來。說完，覺得全身的力氣都被抽離了一樣。別的兩個人也像是鬆了一口氣。

小茶愣了一下，似乎需要時間消化這個消息，想真切了，反倒真哭了，紅著眼睛，頓一頓，一字一句地說，兩位大哥的好處，小茶記得。

清宇揮揮手說，不要這樣，好像電影裡簽賣身契似的。

韓波直管想，一個小孩子，真的到他們家裡，會是怎樣的光景，他儘管猶豫，還是問，小茶，為什麼是我們兩個？

小茶聽到這個問題，彷彿抖了一下，沉默著，好像在斟酌用什麼樣的詞才合適，她說，對於一些世俗正常的事，我倒不那麼相信了。

眼看她像又要哭出來，清宇假裝不悅，問她，你說誰不正常了？

小茶便笑了，她也知道不笑一下，就不太對得起他們的苦心了。你自己呢？

不知道。除了不會去死，別的，還真的不知道。

韓波不太相信她說的話，但前半句，他還是相信的，不知怎麼勸她，只好說，妳放心。

坐在小茶有點俗豔的客廳裡，竟然異樣地感覺到一種喜氣洋洋，他們不約而同想到他們三個認識的過程，覺得一切好像天意。

事情決定之後，後面的幾個月倒過得熱鬧起來，看上去好像多姿多采，問熟人，找資料，誰也沒有做過這樣的事，每一個步驟都生出一些枝節。最後發現，像清宇和韓波這樣要收養一個小孩，其實有許多技術上的困難，若要簡便一點，就是他們其中一人乾脆跟小茶註冊結婚，有了一紙婚書，孩子不用費周章地就合法化了。

小茶知道他們為難，便不開口。時間就這麼滴滴答答地流著。

註冊是在孩子出生前的兩個禮拜。無聲無息地進行了。

結婚的證明上有小茶和韓波的名字。他們考慮了很久，想來先去，覺得韓波拿的是境外護照，對於孩子，以後有些事，或許會簡便一點，也是世俗的考慮。

韓波也建議，問，你父母不是一直喜歡小孩嗎？

清宇嘆氣說，他們又有什麼不明白的，何苦白白又去刺激他們倆老人。

韓波便也不堅持了。

辦妥手續，清宇拿著那一紙證書在燈下細看。韓波洗完澡，走出來，看他還在端詳著，就擔心地問，沒有不高興吧？

清宇答非所問，說，孩子出生之後，你就是法認的父親了。

韓波站在他身後，站了一會兒，低下頭，下巴抵在他的頭頂。他們都嘆了口氣，清宇說，人生艱難哪。

韓波知道他說的是小茶。

孩子出生之後，兩個大男孩很是忙亂，結果，韓波的母親飛過來，一待就待了三個月。她與嬰兒睡臥室，清宇跟韓波，一個睡書房，一個睡客廳。

書房裡有一張幾個朋友的合影，其中有小茶。有那麼一天，韓波的母親抱著一嬰兒，看那張照片。清宇進來，她忽然毋容置疑地說，這個是孩子的母親吧。

清宇一愣，只好問，伯母怎麼知道。

韓波的母親沒有說話，抱著孩子走出了書房。那是第一次，也是唯一的一次伯母表現出了一點小小的脾氣。

清宇將頭湊過去，仔細地看那張照片，覺得小茶跟孩子長得的確像。

但是，她卻像消失了一樣，真的不再出現了，就像說好的那樣。

韓波下意識地看一下抽屜，那裡有一張簽了名的離婚書。

再沒有想到小茶是這樣乾脆的一個人。

回想多年之前的事，簡直像做夢一樣，在杭州龍井，有人緊追不捨，問他們，要不要去喝茶，要不要？

那張明媚的臉，在他們的生命中真正地只出現了一個短暫的瞬間。

他們商量過，要不要抱著孩子去杭州走一趟，最終也沒有做。

太忙了，多了一個孩子，未來有許多的事需要計劃。就是眼前，也是許多的事。

他們聊天的時候說起來，一個問，如果小茶來把孩子要回去，怎麼辦？另一個就說，那就還給她。

他們一起看嬰兒的臉，是個女孩子，看到有人注視，就咿呀地笑，笑容明媚，像能夠穿越時空，嗖地就將過去帶到跟前，卻又教人不能不往未來去想。這又是另外一個穿越他們生命的人。

小茶，畢竟沒有再出現。

一切彷彿新時代裡的新生活。他們兩個，加一個孩子，在一起，他與他眼看就能天老地荒了。

快過年的時候，清宇的父親打電話來，先清清喉嚨，聽見這邊是韓波，就停頓了片刻，韓波忙說，伯父，我幫你去找清宇來聽電話。

是小韓啊？清宇的父親的聲音忽然聽上去格外嘹亮，好像是因為屋子裡太安靜的緣故，電話那邊說，找你也一樣，你們過年有什麼計劃？不如跟清宇一起回家來過，把小孩也帶來……你也來……是清宇的好同學嘛！老人說完，畢竟還是嘆了口氣，好像不太情願一樣。但是又想挽回那點不情願，最後，又溫和地加一句，好不好？

清宇的母親好像也在那邊電話的旁邊，不知說了什麼，老人沒有捂緊話筒，回答她的聲音漏過來，他說，好，好，我知道，我不都說了嗎？然後對著話筒又喂了一聲。

韓波連忙說，好的，好的，伯父，我跟清宇說，我們過年回來。

韓波擱下電話，才覺得屋子各種正常的生活聲音又回來了，冰箱在轟鳴，小孩突然在隔壁房間笑了兩聲，客廳裡放著的一張ＣＤ唱片還在低低地轉動，他心裡滾滾地想著一些事，唱片的音樂一個字也沒有聽進去。

後來，他跟清宇說，先就這樣吧。往後的事，誰也說不清。今天能在一起，這樣就……已經不錯了。

這句話，多年前，彷彿清宇說過。如今原話重複，說的時候的心情當然不一樣。人生如夢，走下去，自然就有路可循，有時，也並不如想像的那般艱難。

# 黃龍吐翠之烽火連綿

多年前，我去了一個朋友的派對，認識了兩個人。到如今，名字已經不太記得清了，但是只要看見臉龐，就能想起是什麼時候，在哪裡見過。我再遇見他們的時候，兩人已經是很親密的戀人，好像是已經到了論及婚嫁的階段。於是，我跟他們提起多年前的那個派對，他們都記得我，卻不記得彼此也曾出現在那個派對上——他們想必是後來才正式認識的。接下來的話題就變得有點尷尬，他們看上去非常相愛，而且都為錯過了這樣重要的細節而相互覺得抱歉。其實這也沒有什麼，但是有時候相愛的人會特別在意一些細節，變得不可理喻，所以我們分手的時候，他們兩人看上去都不太高興，好像打算等我走了，就會好好地吵一架的樣子。我像逃一樣離開他們倆，儘管心裡覺得歉意，但是實在不想看他們的壞臉色；雖然事情是由我提起來的，但是實在也不應該當著外人就開始鬧脾氣嘛，畢竟不是小孩子了。

再相遇，只見到那個女孩子，我還是沒有記住她的名字，可是她跑過來跟我很熱絡地打招呼，我也還她以相同的熱情，可是，實在不好意思再開口問她叫什麼了。

她問我，還在紐約啊？

我說，是啊，還能跑到哪裡去？

她揚起頭，在人群裡尋找著什麼，然後指著遠遠站著的一個意氣風發大聲說著話的人，她說，那是我的男朋友。

我仔細地看遠處的那個人，發現他已經不是上次見到的那個男孩子了。她笑嘻嘻地站在我旁邊，好像在等一個回答，於是我就說，看上去不錯啊。

她笑了。

這時，我發現她比以前漂亮了許多，簡直是每一次相遇，都有一種突飛猛進的進步，容顏顯著地給人煥發一新的感覺。那仍舊是在一個派對上，將近新年，公司宴請員工的那種派對。公司本來就大，而且大多數人帶了伴侶來，所以一眼望出去更加有誰也不認識的感覺；能遇見她的確算是很大的緣分。這次，她是跟她的男朋友來的。

女孩子手裡捏著一只酒杯，酒喝得只剩一點點，用一種「我很無聊」的姿態吊兒郎當地微微搖晃酒杯，看上去倒是有一種特別的魅力。我問她，不去跟別人聊聊天？多認識幾個人也是好的。

她睜圓了眼睛看著我，眉毛微微揚起，好像說，我們不是正在聊天嗎？讓我覺得有點不好意思。

舉著大托盤的侍者走過，她將手裡的酒杯放在托盤上，換了一杯酒，是加了一片檸檬的Gin。她等侍者走開，才接著開口，說，多無聊啊，走來走去，都是見了一次，下次沒準永遠不會見面的人，有什麼好認識的。

是這樣啊。我回答。

她欠身盈盈一笑，點點頭。

她又坐了一會兒，就起身，往人群裡去了，走的時候，像是對我說，又像自言自語，那是同樣的一句話，她說，真是無聊啊。

我看著她走到旁邊的大廳去，就像淹沒在人海中一樣，過了一會兒就找不到人影了，可是彷彿又隨時會從人群湧動的某個角落裡走出來。我出了回神，直到與我同來的朋友走近來，他問，剛才跟誰說話呢？

我說是以前見過的一個朋友，然後，她最初留給我的印象好比霧裡面亮起來的一盞燈，不知是燈的光線逐漸亮起來，還是霧在慢慢散去，慢慢變得清晰。

我想起自己之所以對她印象深刻是因為她講的一個故事，就是在第一次看見她的那個派對上。好像也有人如此這般地說，真是無聊啊。她於是說，我講給故事給大家聽吧。

那倒真是個好故事。

*

那個派對現在想起來簡直是亂糟糟的。派對在一個朋友的公寓裡，公寓在東區，地點有點偏，幾乎接近曼哈頓東邊的河。我坐六號車，到五十九街下車，從地鐵站出發，在初冬的冷風裡整整走了二十分鐘才找到那棟樓。

打開門，一屋子的人，主人卻不在，說是臨時有事出去了。我在屋子裡走了一圈，跟不認識的人打了招呼，自己找到飲料，用桔子汁和香檳調了一杯酒，裝到高腳的玻璃杯裡去。有個男孩子在加滿冰塊的大桶裡找啤酒，光線有點暗，他把一隻隻瓶子拎起來湊到眼前去看，好像專門在找某種牌子的啤酒。他看到我注意他，便點頭打招呼，然後指著我的杯子說，到底是女孩子，喝這個啊。

這時，他找到要找的東西，站直身子，將瓶子上的水擦乾，然後在桌子的邊緣熟練地一磕，瓶蓋啪一聲掉了下來，他像有點得意似的朝我舉了舉淡琥珀色的玻璃瓶子，臉和耳朵都有點紅，大概是抱著喝醉的目的來參加這個派對的。

這天，派對上有很多這樣的人，幾乎無一例外地指指我的杯子說，喝這個啊？

後來，我站在窗前看曼哈頓的夜景。這裡是住宅區，除了高聳的公寓，還是高聳的公寓，緊貼夜幕而立，望出去像一片璀璨的水泥森林，點綴著無數燈光，好像是在炫耀美麗，卻又恣意跋扈，不可捉摸——因為好像無論哪盞燈都可能隨時熄滅，緊隨黑夜而去。皇后區大橋就橫貫在左邊的河流上，大橋看上去卻黑乎乎地看不出具體的結構，橋梁上零星地點綴著一些燈光。橋的另一端就是皇后區了，如此看來，橋的名字真的是平淡而且毫無一點想像力。

房間裡有人坐著，有人站著，有人在走來走去，可是主人還沒有回來。

有個男孩子突然高聲地說，這樣無聊的日子何時是個盡頭！

我隨著很多人的目光看到這個埋在沙發一角的男孩子，臉上有一種即使無聊，可是也自視頗高的表情。像一切少年得意的人一樣，他散發出一種「千萬不要會錯了我的意」的氣息。接著，他說，知道日子為什麼這樣無聊嗎？那是因為我們這樣的時代沒有什麼重大的事件發生，比如戰爭，沒有烽火的日子就沒有壯舉，就充滿了無聊的小事。這是沒有英雄的年代。

這樣的表白在這樣的時候似乎有點突兀，可是又彷彿水到渠成一樣自然，即使覺得不對，也還是讓人會產生似乎這是很多人的想法那樣的感覺。但不管怎樣，好像沒有人打算接過他的話題，大家聳聳肩膀繼續做自己的事。而那個女孩子就在這樣的時刻突然出現了。她說，戰爭啊，說起這個，我不如講一個關於戰爭的故事吧。她手裡什麼也沒拿，輕輕巧巧自人堆裡走出來，然後在沙發前的地毯上盤膝坐下，額頭在落地燈黝暗的光線下非常光潔，並閃出一點迷人的光澤。接著，她就開始講故事。

屋子裡還是鬧哄哄的。只有在沙發邊上的人可以聽得清楚女孩子在說什麼，其他的人則還像剛才一樣，一小撮一小撮地圍在不同屋子的地方大聲地說話，喝酒。但女孩子的口氣裡有種驚人的自信，彷彿覺得吸引聽眾是理所應當的事。

那個男孩子的注意力被搶了去，但看上去好像沒有一點辦法，大概有點著惱，可是不知為什麼坐在沙發裡沒有離開。看著女孩子，輕輕轉著手裡的啤酒瓶，變得相當安靜。

女孩子說，我是杭州人，我們家幾代人都出生在杭州，但從我曾祖父祖母那輩算起，大概也只有我是出生在所謂完全意義的和平環境裡，而且也只有我沒有一輩子在那個城市待下去。言歸正傳，還是開始說故事吧。

下面就是她的故事的大概：

那是一九三七年的夏天，正逢戰亂。時勢改變一些人的命運，若不是那場戰爭，我奶奶也不會碰見我爺爺。戰爭後來整整拖了八年，那是誰也沒有料到的。當然比起整個中國，杭州在這八年當中的損失大概算是比較輕微的，照老年人的說法全都因為杭州是一方福地的緣故，自然還會牽扯起景色秀美的種種好處，話雖這麼說，但是一場戰爭終究還是一場戰爭，難免會央及無辜。

那算是抗戰初期吧，日本人剛佔領了松滬地區一帶的機場，這樣的時候當然誰也沒有心思遊山玩水，市面上無可避免到處人心惶惶，傳說當中一場空戰在所難免。

我奶奶家是做扇子生意的，可不是普通的扇子店，做的東西相當講究，譬如墨紙扇、檀香扇和竹骨絹扇這些出名的本地特產，全盛的時候據說還曾大批賣到英國去，到了後來，也不過是小本經營了；到了時局大亂的時候，生意更是一落千丈，勉強可以貼補家用而已。

小老百姓當然顧惜身家性命，在關於空戰的話題甚囂塵上的那些天裡就貼身帶了貴重物品，整理了一些重要家當，裝到兩口小藤箱子裡，闔家一早就離開鬧市到黃龍洞去避炸彈，凌晨時分，天還矇矇亮著。

對，我說的黃龍洞就是現在被冠上了黃龍吐翠這樣的名號的那個景點，現在已經被列入新西湖十景的範疇了。那時候只是郊區的一座小山，有泉水自山巖上的龍頭裡流下來，掛在岩石的山洞前；成片的竹子和樹遮住天空；夏天的時候永遠蟬聲連綿。

她講到這裡的時候，有的人端起酒杯走開，有人走過來在她身邊坐下。不知誰換了一張唱片，似乎是巴哈的布蘭登堡協奏曲，代替了剛才的重金屬樂曲，簡直是迴然不同的兩種音樂；於是人們的談話聲立刻像浮出水面一樣，嗡嗡充滿一室。我站在她後面鬆了一口氣，她的聲音終於變得比較清晰可辨。對於周圍的變化，女孩卻毫不在意，以不變的聲音和姿態繼續著，好像她的目的只是要講一個故事，如此而已。

故事就這樣在她不變的語調裡進行下去：

就是在那樣的早晨，路上有其他像奶奶他們一家那樣的人，凌晨的空氣有時有點涼意，可是時而又讓人覺得悶熱。偶爾有嬰兒的啼哭，那樣的情境下聽上去未免悽惶，周圍沒有一樣東西是有保證的，搞不好就會在這一天消失了，連生命恐怕也是如此。

我奶奶的家人中包括父母兄嫂，老得快走不動的姨婆，還有三歲的侄女，通常是由我奶奶照看著。

我奶奶那時還不到二十歲，念過高中，而且想必是美麗的；那樣的年紀對於愛情大概難免有些憧憬，即使戰爭壓倒性地轉移了這方面的注意力，可是就像冬天後面是春天一樣，該來的總是會來，而且絕對不會錯過。

所以我奶奶與我爺爺在相遇的過程應該有相當大的機會可以產生一個完美的羅曼史的開端，至於那個過程，你聽下去就知道了。況且，據說我的爺爺在那時的確頗有一點玉樹臨風的風範。說起我爺爺，他本來是浙江大學的學生，當時學校正準備內遷，他在後來卻留了下來，當然，這是後話了。當然重要的是他偏偏也到了黃龍洞這個地方。

那天是八月十五日，這個日子能記得那麼清楚是因為前一天後來在歷史中被公認為「八一四空戰」紀念日，因為那是中國首次取得空戰全勝的日子。所以世人給了這一天以及死難的英雄一個說法，於是這個日子就在歷史中留下了重要的位置；當然我也因為這樣記住了對於我們家而言的大事，雖然那樣的事放在歷史裡，大約是微不足道的。簡單地說，十四日的勝利使得第二天所謂的報復性襲擊也來得特別猛烈。

黃龍洞一帶有寬敞廣大的山洞，人一多，空氣也變得渾濁而教人煩躁。商人不能開市，學生無法上課，對勝利的渴望把時間變得無限漫長。人們緊繃的神經很容易疲勞性地鬆懈下來，逐漸變得有點不耐煩。如果是我，我也想把這空戰早早了結了，然後將日本人遠遠地趕出去。小侄女就是在這樣的時候乘人不覺，悄悄走了開去，使得一家人在人縫裡呼喊尋找，四周喊人名字的聲音此起彼伏，好像到處有走失的小孩。

我奶奶走到外面去，幾乎要哭出來，一面高聲叫著，囡囡，囡囡。

這個時候有人回答她說，是了，就是這裡了，這就是囡囡吧。

她回頭，囡囡被一個高個子的男孩子彎腰牽著手，笑嘻嘻地走過來，小手朝她伸著，作出招手的樣子。男孩子抬頭，兩人大概都有微微一愣那樣的一個瞬間，然而還來不及說話，周圍就忽然沸騰了，所有的人好像從四面八方湧了出來，又要湧向四面八方去。他們三個人大概被撞到一起，那個男孩子試著將他們拉到身邊，擋開橫衝直撞的人群。在驚恐還未來得及升起之前，就聽見有人在喊要打贏了，要打贏了，給我們的空軍打氣去。我們的空軍要勝了，還待在這裡幹什麼？

到奶奶很老的時候，有一次她對我說，只有那樣的時刻才會讓人體會到沸騰這個形容詞背後的意義。聽她那麼說，我也大致可以想像當時的情形了。小侄女大約被人撞在我奶奶的腿上，啊了一聲，於是她蹲下，摟住她，然後抬頭，那個男孩子也正看著她，兩人的面色都有些憔悴，都不知道說什麼好，對於周圍愈演愈熱烈的氣氛也還來不及應對，臉上的笑容卻開始露出來，像一池春日裡的水，蕩漾著就漸漸濃起來。於是，她說，打贏了就好了。

他也說，是啊，打贏了就好了啊。

到處是人群，到處是一種壓抑不住的想要速戰速決，來不及地要擁抱勝利的氣氛。他索性把囡囡抱了起來。

關於勝利的口號式的呼喊在空氣中瀰漫，使得人不由不信，於是周圍的人都擺出了快快回家慶祝勝利的姿態，推推搡搡，一時亂成一團。

她說，這下子可找不到爸媽他們了。但語氣沒有半分焦急，因為至少大家都說要打贏了，有什麼可擔憂的呢，身邊何況還有一個他。

他就是後來的我的爺爺了。

女孩子說到這裡長長地吸了一口氣。

我靜靜聽著女孩子說話，明知道她的故事中有些誇張和想像，但是一切由她娓娓地說出來，又都變得合情合理，好像天地之間有花鳥蟲魚，沒有懷疑的餘地。當然，也不是房間裡的每一個人都被吸引到她周圍來了，但像最初一樣，她並不在意。坐在地毯中央的她，看上去有點固執，如果不開口的話，大概會留下拒人於千里之外的印象。那塊土耳其地毯編織著密集的深藍的花，看久了就有密不透風的感覺，像她的話，網一樣地把人兜了進去，而她的故事說到這裡還不是一個結局。

回家的時候，我奶奶已經與家人走散。人群相當狂熱。天氣並不好，過境的颱風還沒有離開，向天上看的話就有濃雲。那是一片安靜的天，但安靜沒有持續很久，嗡嗡飛著的飛機又在雲堆裡出現。人們便舉臂狂呼，認定那是凱旋歸來的勇士，就像前一天一樣。人們那樣的瘋狂折射到個人身上，卻有點恍恍然，感覺有點鈍鈍的，再打個比方，好像掄了一柄過重的大刀，舉起來就拖泥帶水劃過一陣風，覺不出風拂過皮膚應有的涼爽。我這樣說，大約是因為已經預先知道了接下來的悲劇，而勝利也並沒有那麼快來臨。

他們就這樣走回家的時候，逐漸靠近的轟隆隆聲和人們的喧鬧聲裡，遠遠有類似炸彈的東西墜下來，濃煙在城市這裡那裡升起，人們辛辛苦苦以為已經躲避過去的毀壞和流血卻這樣的來臨了，歡樂好像全功盡棄。有人叫著，說那是飛機的殘骸，有人說是炸彈。可是，是什麼都不重要，戰爭是會流血的，就是這樣一個簡單的事實。

後來，我奶奶他們也沒有想明白，為什麼人們會有那樣急於證實勝利的舉動。

我奶奶他們一行三人倒都沒有受傷。據說我爺爺在那樣的時刻也充分展示了一個保護者的姿態，這樣的姿態後來就一直地持續下去了。

可是，也因為這一天，我奶奶他們一家幾乎鬧了個家破人亡。

女孩子說到這裡的時候，聽的人都啊了一聲，有點傾心於故事的起伏，卻被真實性後面的大哀傷擊中，便也覺得巨大的哀愁。我在轉眼之間又瞥見窗外萬盞燈火，不知為什麼有要長吁一口氣的欲望，而且覺得有相當的必要，就深深地吸氣，然後吐氣，像要把什麼東西在體內過濾一遍，然後才覺得安心。我不知道女孩子說這樣的故事的時候會不會在心中覺得痛楚，我看著她的側影，一點也看不出來。她卻極敏銳地感覺到了一些什麼，迅速地朝我這邊看一眼，留下一個可能自己也沒有覺察的豐盈美好的笑容。我身邊站著的一個男孩子便突然出了神一樣，開始凝視著她笑容劃過之處。這使得她的這個笑有點眾生之笑的意思。

在這樣美好的笑容裡，講這樣悲傷的事，彷彿是個奇怪的組合，可是好像又再合適不過，因為，否則，要怎麼樣呢。女孩子微低頭，頭髮遮住一點側影。我開始覺得這是一個很好的故事，但如果這不是真實的，也許也不是件壞事吧。我用心地聽她的故事：

他們三人走到我奶奶家的巷口的時候，就知道大事不妙了。他們那一帶居然偏偏受創最重，房子倒了大片，走近家門口的時候，所謂斷垣殘壁就在眼前，只聽到她的老姨婆在哭喊：「為什麼不是我呢？讓我替他們去死。我這老不中用的留下來有什麼用，留下這一屋子的女人，要我們怎麼辦，這日子還過不過，這可過不下去了。」

當然，日子還是要過下去的。

而後來，你們大概也猜得到結局了，簡單地說吧，我爺爺就這樣留了下來了，他自己也不曾想到。戰爭持續得比他們想像的要久很多。那時候他們還是男孩子，女孩子，等到戰爭結束，就好像已經要老了。不管怎麼樣，一輩子就這樣決定了。

直到永遠了。女孩子用這幾個字，像要止住某種正磅礴湧動著的什麼東西一樣，讓她的故事戛然而止。

她站起來的時候，在她旁邊聽她說話的人都露出難道就這樣結束了的表情。她拍拍身上好像也不存在的灰，只肯再多說一點點，她說，我的爺爺奶奶現在也都已經過世了。我奶奶說起那件事的時候，從來沒有以為那是一個美麗的瞬間——她從來不以為他們的相遇是一個美麗的瞬間。

坐在沙發裡的男孩子開口問，你這個故事的真實性究竟如何？

女孩子靜靜看著他，最後的話淹沒在主人歸來發出的巨大聲響裡了。主人幾乎是在那個時候開門進來的，一進來就說，抱歉啊，我回來遲了！他的聲音很大，幾乎充斥整間屋子。

我記得女孩子說的好像是，這不過是普通小老百姓的日子，你要什麼樣的真實性呢？

大致是這樣的意思吧，而至於女孩子的故事，直到結束，她沒有提到她長輩的名字，也沒有什麼人問，就好像反正一切都已經湮沒在歷史裡了。

＊

大公司的大型聚會總會在某些時候讓人覺得不知道要幹什麼好。我和同伴找了一張小桌子坐下，繼續喝杯子裡的酒。他似乎有點心事，出了回神；而我也有時間把忘記了的往事重新回憶一遍。

既然想起了這件事，我幾乎有點衝動，想把那個故事複述一遍，何況他剛才也問起她來，但沒有開口就覺得有些唐突。在這樣一個場合裡，每個人都穿得漂漂亮亮的，相視時候就掛著恰如其分的微笑，如果要我開口講一個並不太熟悉的女孩子的遙遠的家事，而且還關乎戰爭，似乎並不合情合理。這樣一想，我無論如何也不想開口了。

他似乎覺察到我欲言又止，便露出禮貌徵詢性質的微笑。我與他之間似乎就是被這種禮貌阻隔著，讓我還是覺得沒有開口的交情。

當樂隊開始演奏Swing的音樂的時候，我們就開始跳舞。跳舞的時候時間彷彿很容易過去，什麼無聊與不無聊的事情，一點也想不起來了。二三十年前流行過的舞蹈再次變做時尚，每個人都在Swing，而且好像都跳得很帶勁的樣子。歷史一遍遍重新回來。事實總是這樣的。

*

但是關於那個故事的回憶，還是讓我對女孩子提到的黃龍洞產生了興趣。過了一陣，我因為工作的關係被派到上海。從上海到杭州坐火車不過兩個小時。很多人都說，為什麼不去杭州看看呢。

於是，我就到了杭州，也看見了黃龍洞，結果卻發現真實與印象永遠是不太相干的兩碼事。現在的黃龍洞真的像女孩子說的那樣成為了一處旅遊名勝，所有旅遊景點普遍有的一切特徵則一樣也不少，招攬顧客的玩意兒也大同小異，都在想像範圍之內。

穿著古裝的女孩子在門口收入場券，也坐在賣紀念品的櫃檯後面微笑著對表示出興趣的遊客推銷。這裡已經成為一個公園了，特意建造了一些遊樂設施，好比演奏古樂器的小舞臺；竹籬笆圍成的迷宮；掛著出租古裝拍照留影的攝影棚；印著雪糕和可樂圖案的白傘下是賣飲料的流動小車；山和樹都還在，綠蔭裡掛下一道流水，流水自一個龍頭形狀石雕的嘴裡吐出來，想必這就是這個地名的由來了，當然也有山洞，可是看上去似乎沒有想像的那麼大。不知道這裡是不是發生過變遷。

總之，我實在無法想像當年人們來這裡避難的情景，如果問那些古裝打扮，化妝一絲不苟的女孩子，她們想必也不會知道，只會用詫異的眼神望著我吧。

那是初秋時分，天氣如當地人所說，就是「秋老虎」了，依舊炎熱，輕易地把人的心情蒸發到一個燥熱的頂峰去。我在黃龍洞山裡山外走了一遍，有一些小孩子在互相追逐遊戲，我則扎扎實實地出了一身汗。

除了炎熱，我對杭州的印象則相當好。通俗地說，就是山明水秀，是個美妙的地方。對著這個城市的好景致，很難對戰爭這樣的詞語產生聯想。

如果不是看見女孩子的照片，我對她的這件事大概很快又會忘得一乾二淨了。真是湊巧，居然在一位朋友的朋友的照相簿裡又看見了她。自然，她是杭州人，以這樣的理由追究，彷彿也不算離奇。照片是一兩個月前才照的，是一個類似同學會那樣的場合，相同年紀的一群人，很親密地湊在一起，在一個茶館或者飯店之類的地方，因為前面還可以看見杯盤狼藉的半張桌子；而在其他照相簿裡找一找，應該可以找到差不多相同的這些人的合影，只不過那張照片上的人形容之間還不過是孩子。

照片上的她很熱鬧地站在人堆裡，卻帶點與一切遠離的神情。朋友的朋友說，你認識她？沒錯，她是我們中學同學。但是，他馬上像半開玩笑一樣地搖著手，說，別問我她的事情。我可一點也不知道。我們這裡，誰也搞不清楚。

可是，他分明又想說一些什麼，一副意猶未盡的表情，就算對我這個陌生人，也是一樣，沒有辦法控制他自己這種急於分享什麼消息的欲望。我自認有合理的好奇心，於是也不特別排斥他的言語。

他講了一些以據說開頭的話，一些男孩女孩分分合合，欲望，手段以及一些有違常情的衝突，總之她是個不得了的女孩子，用口語說就是相當厲害，非凡而堅毅，所以一定會在某一個方面成功的吧。我於是笑了，這應該算是不錯的口碑。

他說了這些，變得有點不好意思，臉突然紅了，說，講這些有什麼意思。像怕被看穿一樣，急於想換一個話題。

這樣的企圖，卻沒有成功，他說的話又繞到她身上來，這次變成他問我與她有多熟，她在紐約怎麼樣。

我對她其實沒有太多瞭解，他急於追問，我就把聽她講過的故事那回事和盤托出。

他聽畢那個故事，出了一回兒神，結果嘆了口氣，說，什麼都是需要成全的吧，感情這回事也一樣。最後他加一句，譬如她奶奶和爺爺那樣。

後來，我們一群人去一個酒吧，他喝了一點酒，過來跟我說，說他其實挺想念她的。但是他過他的安安靜靜的日子，她也過著她的想必安安穩穩的生活，永遠也沒有什麼可以成全他心中的感情的了。

他有點醉，我想他也沒有打算從我這裡找一個答案，雖然我以為他這一晚上說的話未必全都妥當，但是在酒吧裡認真地作什麼糾正似乎是可笑的，何況一個人在燈紅酒綠的環境下作出的認知總是有一些偏差的吧。

他喃喃地說，真是一個好故事。

我想我也是這樣以為的。

我在杭州只待了很短的幾天，一起出去玩的朋友和朋友的朋友後來也沒有全記住。除了山水，杭州給我印象至深的地方是那些無數風格別緻的大小茶館，茶館這種形式在這裡完全被年輕時尚化了，好像一個古老行業得到了新的生命一般；而後來卻發現星巴克咖啡館也在我記憶裡也佔了比想像重要的地位。星巴克咖啡館本來沒有什麼出奇的，原本到處都是，但因為居然在杭州也看見了，就真的應了「到處都是」這句話，時空在看見那招牌的一瞬間稍稍變得有點超現實，所以記住了。想起這些地方是因為，我覺得如果我們是在這些場所，茶館也罷，咖啡館也罷，而不是在酒吧談論那樣的話題，似乎應該更好一些。

但好像，世界上所有地方的年輕人都打算在適當的時候喝喝酒，說些輕巧的話。

*

我在中國過了千禧年，然後又回到紐約，然後又是一年。我在十二月的時候又碰見那個女孩子一次。那次我與她打了一個照面，又是在一個朋友開的派對上，她看上去有點憔悴，我到的時候她已經打算離開。

我問朋友，剛才那個女孩怎麼走得那麼早。

朋友說，她要去參加一個葬禮。

我吃一驚，問，是朋友嗎。

她搖搖頭，不知道是表示不是，還是不知道，或則是惋惜，只是與我相視而望。

我沒有讀懂她的意思，卻也彷彿明白。

二〇〇一年的十二月，大家的情緒普遍低落著，也有好久沒有聚在一起了。那個聚會在白天，窗外冬天的陽光看上去明晃晃的，帶點橙色。室內的音樂放得很低，卻給人一種腳踏實地的感受，好像空氣在平穩地流動著。是不是平穩呢，希望如此。

我從窗裡看見女孩子在大街上匆匆遠去的身影。黑大衣，黑圍巾，轉彎的時候她把手從口袋裡伸出來，將手腕抬到眼前，似乎是看時間，她手套的顏色是酒紅色的。然後，我看見她把手套摘下來，放到挽在手上的小黑包裡去。

接著，她就消失在拐角的地方。

這樣的時刻，我幾乎以為應該配上音樂，加上落葉漫天飛舞的場景，但是街角的那幾棵樹早已是光禿禿的了。

*

第二年的四月裡，我在書店找一本與工作有關的書，門口顯眼的地方擺著當前的暢銷書，有很多有關紐約的畫冊，翻一翻便看見世貿還在時候的城市風景；書的封面上貼著盈利捐助紅十字會的小標籤。

那天女孩子也在書店，我轉身的時候正巧看見她從另一個方向匆匆走過來，長髮都束在腦後，露出很好看的耳朵的輪廓，臉色也看上去精神很多。

那天天氣特別熱，這城市好像打算一天之內進入夏天，氣溫嗖地一聲往上竄，所有的人好像在一瞬間把夏天的衣櫥提早打開了，都穿著夏天的衣裳。她也一樣，穿著小背心，牛仔裙，看上去很神氣，一副緊跟季節相當精神的樣子，好像對生活的節奏把握得很好，總之，讓人看見了精神也會一振。

我們都為這樣的相遇有點意外，然而高興。我們聊了一會兒，我提到那天看到她早早離開那個聚會的事，在我自己也不完全瞭解的情況下，語氣中還是表現出了歉意，然後立刻覺得後悔。

她低著頭，手指在面前桌上的樣品書封面滑過，像打算抓什麼，然而什麼也沒有抓住的樣子，手臂沒什麼力氣地垂了下來；然後像要抵禦什麼疼痛一樣，將手捏緊了一個拳頭。她很輕地說，是很好的一個朋友。

然後抬頭，目光不太能聚焦一樣看著別的地方，然後才轉向我，用鼓勵我換一個話題的眼神看著我，我停了好幾秒，有點慌亂，便說起去年回中國，到了黃龍洞的事情。

她於是淡淡笑了，說，你還真的去了那裡？

然後，她說，還記得我說的故事啊？她出了回神，說，這大半年大家也真夠累的……她停一下，說，下一次，你如果去杭州，告訴我。我找人帶你玩去。黃龍洞一帶好玩的地方還是很多的。你看見的大概只是一點點。

這一次，我們交換了電話和地址。

女孩子跟我分手的時候，突然對我說，其實，我去年也回過杭州，也去了黃龍洞。我還是滿喜歡黃龍洞的，現在那個樣子也不錯。你說是不是？

我一愣。她沒有等我回答，揮揮手，就走了。我看著她的背影，希望她那眼角的一點模糊的濕潤，不要變作眼淚掉下來。

我找到要買的書，付了錢，走出書店，想起她的最後一句話，然後覺得，她說的是對的。

四月有薰風，將憂傷吹來，也將憂傷吹走。

然後，就該是五月了。

# 平湖秋月之鏡中花

他們墜入情網。

故事總是這樣開始。

然後，轉眼之間，時間就過去了。

成長的過程真是有一點苦痛，好像破繭而出；當然，有的還是變成了蝴蝶。

可是顧盼之間，煩惱總是有增無減。

因為在那平凡的日子裡，一切的憂愁或失敗彷彿都沒有來自外界值得原諒的堂皇藉口。

歲月逝去，自己能擁有的可以任性的餘地逐漸減少，責任卻一點點增加。

而人生自此開始。

所謂長大成人，不過如此。

他們兩個，可也會有這樣的想法。

提起他們的事是在與小甲聊天的時候，剛好聊到不知道該說什麼了，我們就靜下來聽音樂。音樂又可有可無，漂浮在清冷的酒吧有點無聊的空氣當中。

那是一個深具現代設計風格的酒吧，線條冷酷，乾淨利落，絕對可以放在作風嚴謹而又緊跟時代步伐的建築雜誌中，作為這個時代的裝修典範。可是不知道為什麼，ＤＪ播放的卻是某個少女偶像明星甜軟的流行音樂，並非不動聽，但是想在音樂中再多得到一點什麼，卻彷彿相當困難。

酒杯已經幾乎見底，服務生有點心不在焉，沒有過來招呼我們。小甲的精神很差，好像有許多不順心的事，具體是什麼卻又說不清楚。

不管怎麼說，那是個什麼都不很搭調的晚上。

我大學畢業剛剛工作了兩年，在假期裡回到杭州無所事事地遊玩，我回去過多次，可是說起上一次見面的時間，誰都不能確切地說出來。

碰到這樣灰色的晚上真是一點辦法也沒有。話題變得很少，感覺好像走進了森林中黑色連綿的濃蔭，只能期望慢慢地走出去。

我轉動桌上的玻璃杯，差一點把它碰倒。而小甲似乎對此毫無覺察，只凝神望著黑色桌面上的某一點，耳朵頂部的輪廓從我這邊的角度看上去略微的尖，讓人覺得奇異而超凡。可是非同一般的部位僅僅限於那一處，其餘部分的小甲還是暮氣沉沉。況且他那樣專心地沉默，使得我無法傳達心中的想法，於是跟他一樣沉默寡言。我百無聊賴中繼續打量他的耳朵，想起看過的童話書裡的長耳精靈的樣子，不過我沒辦法開口說這樣不合時宜的話題，不管怎麼說，這周圍沒有絲毫說童話的氣氛。

我們等待著一首歌的結束，另一首歌的開始。不知道ＤＪ會換怎樣的一首曲子。

就在這樣的時候，小甲忽然提起她來，問我有沒有見過她或者他。然後，用清晰而有力的語氣開口，好像下定決心要打破某種僵持的氣氛，說，開始的時候，我們年紀都那麼小……大把時間握在手裡……但是不甘心也沒有用，時光就是那麼容易地過去了。

正在此時，ＤＪ終於換了一支歌，音樂和歌詞依舊沒有什麼憧憬，但是看樣子在座的顧客都對那其中表達的失望和憂愁覺得理所當然。可是小甲的那些關於青春的話語卻像能洞穿一切，如劍一樣直入我內心的某個地方。然後那刺穿之處，逐漸感覺到溫潤，彷彿潮暖流動的血液，正自冰凍的狀態中緩緩甦醒。

我吸一口氣。幾步遠的地方，服務生看上去有點無聊，不過好像很仔細地在聽著音樂，接著腳和著節拍跳了一下。這樣的舉動不過驗證了他是個半大的孩子那樣的事實。也許是來打工的學生，不過大學一二年級的年紀，當然也許根本沒有念大學。不管怎麼樣，那種年輕，並不陌生，畢竟是所有人都有機會經歷過的。

年輕的服務生彷彿覺得有人在注意他，就刻意裝出若無其事狀，四顧而望，但看上去還是明顯地有點不好意思，並且抓了抓耳朵。他的這個有點天真的動作最後終於決定性地融化了屋子裡凝結著的某些東西，好比魔杖輕點，散光的粉末簌簌落下，周圍的一切即便無聊到極點也有了可以得到諒解的緣由。

空氣彷彿不一樣了，不再令人覺得局促，而是變得像奶油一樣柔軟和輕盈。關於音樂的種類，服務生是不是專業這樣的問題全都變得無足輕重，即使差強人意，也無關緊要。

心情輕鬆起來，簡直可以用秋夜的月亮來形容，朗朗一面，鑽出雲層，高懸湖面，湖底是自己的倒影，在水中略為晃蕩。這時，我才想到，我已經回到了杭州，這正是典型的杭州的風景。如果再要作更為具體的解釋，正是「平湖秋月」

這個景致。

被叫作平湖秋月的地方，樓閣亭臺臨水而築。當然，這些建築，以及石碑對聯恐怕在歷史中已經一再被改造，久歷變遷，才終於形成了今天的面貌。築著雕欄的石臺伸到湖中去，是賞月的好地方。這個城市的好風景總是這樣，離不開一片湖水，風花雪月的風景一半是真的，一半是水中的影子。

實際上自從在少年時候離開杭州，我總是沒法在秋天的時候回去。因此我一直覺得我沒有再看見過純粹的「平湖秋月」這樣的風景了。回去的時候，我總是遇見冬季或者夏季。夏季總是太熱，而在稍微溫暖的冬日裡，沿白堤經斷橋自湖中穿行而過，就會走到平湖秋月。一路走去，四面的湖光山色，在少了綠葉的冬天，越發顯得明晃晃，撲面地來，要把人吞沒。

白堤上總有看似情侶的男孩子和女孩子走在一起。偶爾有賣玫瑰花的外地小姑娘，非常執拗地要把花塞到每一個有男伴的女孩子手裡去，有一副不屈不撓地要把什麼進行下去的架勢。

這樣的推銷方式自然有點霸道，所以常常有人神情頗為厭惡地將小姑娘喝退到一邊去。這樣小的孩子，到底從哪裡來，又要到哪裡去？良辰美景是這樣經不起推敲，也輕如鴻毛。

但憂慮也罷，煩惱也罷，走幾步就被周圍的湖光山色磨去了稜角，心中即便有疼痛，也不尖銳。這就是典型的西湖風光予人的印象，風月無邊。在西湖邊，也許人人心甘情願地要做一個盲目的人，總覺得自己心裡可以承受很多愛。

他們想必如此。當然，我對於他們的故事其實也沒有一個可以貫徹首尾的瞭解，所有情節都是道聽途說，眾說紛紜，漸漸變成定論。而這湖邊上的愛情，不管以怎樣的方式流傳，反正都是要被人冠以一種婉轉美態。

如果追溯歷史，他們倆的第一個重要的時刻，是在一個中秋夜，恰恰有平湖秋月幾個字。

那是個沒有月亮的中秋，淋淋瀝瀝下了一天的雨。

本來，中秋在杭州眾多節日中有突出的地位。若是天氣晴朗，湖邊總是人山人海，到處走著看月亮的人。碰上雨天，一切慶典取消了，夜色裡，湖面水氣茫茫，岸邊也沒有遊人。

正是八〇年代末，杭州的娛樂業才剛剛起步，在下雨的晚上更成不了像樣的氣候。濕答答的湖濱路上零落地有幾人披著雨衣，騎車而行；幾部黑色或暗紅的桑塔納轎車開過，便發出哧啦啦巨大的聲響。湖濱路上那幾家百年老店還沒有拆遷，毛源昌眼鏡店，王星記扇子，西子賓館，二我也照相館，早已過了全盛時期，在黑夜裡，看上去暗沉沉的，但在少年眼裡，自有一種蒼涼的優美姿態。而幾年之後，這些就被新的飯店和商場取代了。

他們那時都是些百無聊賴的孩子，即使無月可賞，對節日熱鬧的蠢蠢欲動一旦露出端倪就變成有些刻意的勇往直前，大風和雨夜就都不算什麼了。他們穿著雨衣，騎單車，繞湖而行，然後到達平湖秋月，一路上風雨撩起雨衣，把他們全身撲得濕答答的。

平湖秋月那家賣藕粉和熱茶的小店已經打烊。樓前跳出水面的石平臺看上去與湖水連成了一片。他們擠在雕梁紅漆的亭子下，雨幕下湖面一切隱約可見的東西，比如湖間的小島，隔水的城市和樓房都彷彿有某種象徵意義，讓人心底呼啦啦地湧起一團團膨脹的東西。少年時候，總是容易感動。後來風吹過來，將身上的暖氣一點點帶走，即使涼意徹骨，也覺得一切圓滿可喜。

他和她都在這群少年之中。

夜終人散的時候，大家各自回家，而他很想送她回去，但是這城市的治安好得教他說不出這樣明顯的藉口，又加上靦腆，難以啟齒，也不好意思做出紳士一樣堂皇華麗的姿態來。可是卻又身不由己，心裡有小火焰燃燒起來，就灼灼地變成牽引著每一個行動的燈塔。於是，他跟在她的後面。

對於她來說，這樣的事情並不是第一次發生，知道有男孩子跟在後面。她不聲不響騎車，後面的人跟得不疾不徐，卻不上來打招呼。終於她有點不耐煩，便停下來，拉下雨帽，回過頭去看是誰。那真正是斜風細雨的時刻，他猝然剎車，怔怔看住她。

她也看住他，然後突然笑起來。他不知道她為什麼笑，但是當時她的樣子就深嵌到他的記憶裡再也抹不去了。看上去笑得有點任性的她，明眸皓齒，沾濕的烏髮貼在臉頰邊上，渾身發出讓人難以抗拒的光芒，笑聲停了，而笑容還在，讓人想起港灣這樣溫暖的詞語來。他想，就是她罷。就讓那個人是她吧，那該多好。

她等他開口，他卻一直沒有開口，直到有車子呼嘯一般地自他們身邊掠過去，濺起一些積水，他還是沒有說話。倒是她開口說，走吧，一起走，不知道你也走這條路。

他滿口答應。

路燈之下，光影交錯，沒有月亮的中秋夜是水靈靈的。

這便是他們的第一個回合。

他對他最好的朋友說，就是她了，就是她了。

朋友不以為然，問，她知道嗎？

他說，一定會知道的。語氣中有頂天立地的信心。當然，在那樣的年紀，想到未來，沒有一樣是不可能的。

他想，他必可以作一番事業，然後就可以娶她。

可是，這樣的開端並沒有如他希望的那樣順利開花。

中學畢業之後，她出國，去了澳大利亞；而他參軍，當的是海軍，在東海之上。一下子，就拉開了距離。

風和日麗的日子，戰艦開到東海上去，四周一望無際。甲板被陽光曬得滾燙，如果不小心光著腳踩上去，保準脫一層皮，老兵一早就警告了新兵。但第一次出海，他還是被燙到了，是不小心碰觸了甲板的手掌。一陣齜牙咧嘴的疼痛之後，他開始思念故鄉，其實他只是在東海上，離他的故鄉也並不太遙遠，但是她已經把故鄉的一部分帶走了。

不知道她在哪裡。一直沒有聯繫。也沒有刻骨的思念，因為一切都好像已經過去了。

年輕的士兵總會說起關於女孩子的事，老家的女朋友，明星偶像之類，也有一些尷尬的話題。他說幾句，就提不起興致了；而關於她，他幾乎沒有提起。

他想，真的就是兩個世界的人了。一點音訊也沒有。

那是整個國家沒有戰事的日子，操練好像不過是一種日程安排。長官訓話，傳達一些文件，偶爾進行大規模軍事演習，讓大家的神經緊繃起來，不知道會有什麼樣的狀況發生，但也就僅止於此。他不過是一個小兵，即使有軍事活動，也不過是一枚棋子，但一切風平浪靜。

那時，他的生活中仍舊沒有別的女孩子。

他心中的風花雪月逐漸地被軍營生活帶來的必不可少的粗獷氣質一點點地佔領。有一次，放假喝酒，喝得醉了，心中突然後悔，隨著胃裡倒騰的酒精和食物一起愈翻愈烈，幾乎把他擊倒。他想，怎麼能這樣子，什麼也沒有開始就已經結束了。他已經不在乎結果了，只要一個過程也是好的，但是都已經遲了。

他口齒不清地說了很多後悔的話，像老兵一樣罵罵咧咧，居然被別人聽懂了來龍去脈，然後在第二天他宿醉之後來安慰他。他驚訝地望著同伴，以致讓別人以為說錯了話；他卻覺得整個身體好像被一柄冰涼的利器穿透，整個意識暴露在豔陽之下，以致讓他害怕一切會蒸發而去。這是第一次他不小心透露了心中的祕密，然後，他發現，說出來也不過如此；那麼，為什麼他一直遲遲不說呢？如果當初直接告訴了她，是不是會有不同的轉機呢。說這樣的話，已經太遲了。

他走上甲板，望著茫茫東海，想念起故鄉西湖來。豔陽高照，有一群新兵簇擁著拿了一個雞蛋要到甲板上來測試溫度，打賭能不能煎出一個荷包蛋，然後發出很響亮的笑聲，就像當初的他那樣。

就這樣，新兵又來了一輪，他如果要退役，也到時候了，他有點急躁地想快點結束軍營生活，想回到杭州去。他覺得自己好像與世界隔絕了一樣，故鄉的事，他一點也不知道了。他竟不是一個想當將軍的好兵，這是他已開始帶上海軍軍帽的時候沒有想到的，但事實如此，他一點辦法也沒有。

時間飛馳而過。

他回到杭州的時候，覺得這個城市改變了許多，就彷彿時代的飛輪已經轟轟烈烈地開始轉動了，可是一切還不至於讓他覺得陌生。他大口地呼吸空氣，然後確信自己回來了；而這城市也回到了他的體內，呼吸過的海風一點也沒有留下味道。走在街上，他覺得如魚得水，忽然意識到只有這裡適合他自己，而他恐怕不會再離開這座城市了。

就是這樣，她在遠方，而他永遠地留在這裡了，深深地把根，陷入這裡的泥土。

以後，就在這裡成家立業，世世代代。他這樣告訴自己。

一切想法，心平氣和地來，然後去，彷彿真的已經重新為人一樣。

那一年，往日的中學同學有的剛念完大學，自外地回來，開始陸續地成為上班族。他已經有了一個退伍軍人的頭銜，被分配到一家國營企業，手裡拿著生活中最初的幾筆工資，也就覺出了一些獨立自主的意思。夜晚與老同學聚首在這城市新開張的卡拉ＯＫ廳和酒吧裡，聊著天，有時他請客。他還不太會唱歌，拿起麥克風就有些緊張，音也不準，但漸漸放鬆下來，不在乎好不好聽，倒越唱越好了。那真是一段好日子，比中學時代富裕，也比軍營的時候自由，一段全新的生活正開始，用力踩幾下地面，是會覺得腳踏實地的。

然而，回到杭州大半年，他幾乎沒有去西湖邊走走的興致。如果在這個城市會是天長地久一輩子那麼長，那麼去與不去，就不急在一時。實際上，他覺得西湖這個地方，他從來沒有一個人去的心情，而朋友相聚，都不曾想到要去西湖邊看風景。西湖邊密密麻麻站著看風景的如今大多是外地人，本地人都後退一步，心安理得在這城市新興的一眾娛樂場所中安身去了，就像他一樣。

那份工作最後也沒有成為他的終身職業。有一次，他想換一個工作，就到被稱為是人才交流市場的職業介紹場所去。工作並不如想像的那樣容易找。不知什麼時候，國家包分配的時代已經結束，他在挨挨擠擠的大學生應屆畢業生中間，與人周旋，討生活，略有空隙，喘口氣，也覺得黑壓壓的壓迫感。

他仔細考慮之後，打算經商，決定利用家裡在社會上的一些關係，撐起場面來。替自己做事，大概好過仰人鼻息。

那時熱鬧的是網絡革命，他的同學中就有很多在學電腦方面的專業，他沒有學習的興趣，但是也不算錯過了這樣的時代，他做的是電腦器材的生意。發現原來在這個世界是以各種讓人意想不到的方式在運作著。沒有任何電腦專業知識的他，居然也漸漸走上軌道。很多事情，開始做了，也就知道了。

老同學們依舊有一搭沒一搭地聚著，不知什麼時候開始，便有牢騷，不外乎工作和戀愛。照理說，外面的世界更大，但是身邊的事在權衡之下，總是重一些，而與己無關的事，因為遠，往往讓人錯覺，以為輕如鴻毛。他們的城市在變化，他們唯恐跟不上這樣的變化了，一個個都被催促著長大成人了，過去的時光，且走且遠，但是他們還頗多留戀少年時的友愛。

她卻又出現了。

在一個濡濕的夏夜，他打電話給過去的一個女同學，乘對方的工作之便，問一些技術性的問題。女同學不在，接電話的是另外一個年輕的聲音。

他放下電話之後，怔怔看著電話片刻，有一種奇異的感覺像陳年蜘蛛網一樣，緩緩攫住他的神經末梢，再逐漸抽緊，幾乎讓他的心臟起一陣痙動，連腦子也空白了幾秒。

當他的耳朵能重新順利聽見空調機的嗡嗚的時候，他抬手擦擦額角，竟然有一層薄薄的汗。他索性把密閉的窗呼啦一聲推開。外面潮熱的空氣迎頭撲來，他的意識卻突然一片澄明。

他在心依舊咚咚而跳的時候果斷地抓起話筒，按下重撥鍵鈕。

接電話的還是剛才那個聲音。

他於是問，妳回來了？

那邊一愣，詫異地回答，是，我回來了，但是，你是誰？

他停幾秒，叫她的名字，然後又停下來，覺得鼻子有點酸，心裡柔軟得可以捏成任何形狀，正溫柔地一鼓一鼓地脹痛，跳動。

他把話筒緊貼在耳旁，那邊卻也不急著開口，他聽得見電話線傳來的鼻息，一起一伏，相當均勻。

於是他只好先作解釋，說，妳的聲音沒變啊。剛才我就在想，明明不是薛芸，怎麼那麼熟悉。想到你們以前一向要好，便猜到是妳回來了。

這時，他聽見她嘆口氣，便覺得緊張，然後，忽然想到自己還沒有來得及報上自己的名字，突然氣餒，像被戳了一個洞的大紅氣球，再也開不了口，而生命自氣孔裡慘淡而緩慢地流淌而出。

她似乎再次吸氣，不過又等了片刻，才終於開口回答，而且閒閒叫出他的名字，問，是你吧？

是的，是的。他回答。

在那一刻，好像春天所有的花朵又全都重新綻放了一次。

這幾年之中，所有的日子，好像就這樣被輕描淡寫地抹去了。

雖然，這個城市還沒有大變，時光依然以相同的腳步走得不疾不徐。

他似乎驀然有頓悟，人生還是有所謂命運這回事的。

是的，命運。

所以，如果說正式的戀愛的開始，應該就是在那一個夏天。那個夏天，我們都在做什麼呢？也無非都在起勁地進行著與戀愛相關的事業。有的人快樂，有的人悲傷，有的人落寞，有的則鬥志昂揚，但總之好像沒有聽說有誰是在後悔著。

夏天沒有結束，她就離開了，回到南半球，另外一個她也稱作是家的城市。走之前，他們坐在一起吃飯。沉默很久，她開始說她初到墨爾本的事情。她說，真是一個時髦而且有趣的城市，你再也想像不到墨爾本會有那麼多的摩托車，而且都是哈雷戴維生，呼呼地在街道上駛過，很多是年輕的男孩子，生猛威武的樣子。

他在沉默中驚醒，被這個話題愕然一驚。於是，便嗯了一聲，聲音裡有茫茫的隔著濃霧的距離感。那時的杭州還是一個離哈雷戴維生有十萬光年那樣遙遠的一個城市，那些前品牌時代的天真在她的言語裡卻顯得有點鈍鈍的，縮手縮腳。

那些形容墨爾本的詞語似乎一個也不能用到她的故鄉的城市上去，她卻絲毫不在意地滔滔不絕地說下去。

她繼續說，如果坐在哈雷摩托車上，自城市的中心往郊區去，迎面是強勁的讓人睜不開眼睛的風，然後習慣一點之後睜開眼，就可以看見大片的草原了，還有像傘一樣張開的大樹。

她的語氣裡有很遼闊的一種東西，如果不慎掉到飯店外面的西湖裡去，好像整湖的水都會被擠迫著溢出來。

那天用餐的飯店是座小巧的傍水小樓，有很典型的江南氣質，外觀看上去玲瓏有致。桌子是方的，椅子背上有鏤空的圓形圖案；女服務生都穿旗袍，男服務生都打領結；顧客看上去都很快樂，所有的桌子都滿滿地擺了酒菜；人們說話的聲音漸漸地響起來，門外屋簷下掛的兩盞宮燈晃來晃去。

他喝了點啤酒，臉也不紅，不言語，似乎是很好的聽眾，但其實沒有聽進去幾個字。

她卻停不下來，又說到日常的生活，說她早上做土司，將薄片麵包蘸了雞蛋漿，用牛油慢慢地煎熱，等到將表皮慢慢變成金黃色了，突然想，這麼費事做什麼，不過是一個人的早餐而已。

說到這裡，她驀的戛然而止，靜了一下，用茶壺將面前的茶杯注滿，然後慢慢地喝掉半杯。

當時，杭州興敬酒之風，鄰桌嘩啦啦傳來一片酒杯相撞的聲音，聽起來竟相當的粗獷。

他結了賬，帶她走到外面去，一直沿著湖邊走，一棵柳樹接著一棵柳樹，間隔的是桃樹。他下意識地數著走過的樹木，數到七十八的時候，他驀地停下來，在一樹垂柳之下，擁住她。

是的，吻了她。在數到七十八的時候，吻了她。事後，他在朋友的追問下這樣說。

還有呢？還有呢？

他紅了臉，說，哪裡還有什麼？

幾個朋友哄然而輕笑，其實，是開心的，因為正當青春，而且證據確鑿。

那個假期，算是他們的第二回合吧。而且遠距離的愛情在這樣的時代裡似乎不算什麼，遍地生花一樣，很平常地演繹著，所以分別自然算不上生離死別。何況她說，會回來的。更何況有電話，有電子郵件，有許許多多可以維持聯繫的方式。

而他差一點走入到她的家人中去。

在一個高爽的秋日下午，他繞道走去她以前住的地方。站在一棵法國梧桐樹下，看三樓的窗口。那還是她家，但她不在這個城市了，真的有點物是人非。他特意走過來，只是因為突然想看一看，那是一種甜蜜的哀傷，因為非常純粹，所以即使傷感，也絕對不會將人擊敗。

金色的葉子墜落下來，掉在他的腳邊，他想，又要是中秋了。

在那樣的時候，樓中走出來的一個老人突然摔在地上，似乎摔得很厲害，努力了兩三次都沒有辦法自己爬起來，並且頻頻呼痛。他知道老人大概是骨折了，周圍沒有別人，所以沒有細想，就將老人送到醫院去。他沒有想到其實老人是她的祖母。

老人感激之餘，問他，在哪裡做事，沒有見過你，想必不是住在附近的吧，幸好他剛巧路過。

他回答，是自己在做生意。然後猶豫一下說，我的女朋友以前住在這裡。然後說出她的名字。

老人意外地看著他，足足冷場了好幾秒，才回答，她就是我的孫女。然後說，這小孩，也真是，怎麼從來沒有跟我們提過她自己的這些事。

他只好說，奶奶，這是緣分。

老人看他一眼，沒有說什麼，但他好像聽見老人肚子裡嘆出口氣，不知為什麼覺得不自在。

後來，是他接老人出院，開著他的一輛親戚轉讓給他的舊車。他說，奶奶，今後有什麼事，叫我一聲，讓我來照顧你。

老人與他已經熟稔，卻不立刻點頭。他只好說，就當是緣分，這是我跟您有緣，與她沒有關係。

老人終於說，沒有關係，怎麼可能呢？教我平白無故接受你的幫助，怎麼心安？

怎麼是平白無故呢？

老人於是問，如果妹妹不回來，你怎麼辦？

我過去找她。

你是自己做生意的吧，所以說，過去，做什麼呢？語言就幾乎要從頭學起了。

那麼，我等她回來啊。

老人說，這是妹妹的事，我不能替她做保證的。

是不是她說過什麼？

老人不願說，只回答，人老了，都比較現實，所以說一些現實的話，你不要介意。你也知道，他們一家都在那邊啊。

他頑強地回答，我還是等她的。

老人忽然笑了，說，我年輕的時候，也與你一樣。

嗯？

那時，我也跟你們這般的年紀，也很相信感情這個東西，跟一個男孩子訂了婚，他先去了香港，說要回來，但是結果並沒有回來，而是去得更遠，到了美國。再後面，就斷了音訊。自然，那時，時局亂，也怨不得他。老人最後像自言自語地說，或者，你們這代，運氣要好一些。

他很專心地開車，過了半天，問，奶奶，你是杭州人嗎？

一輩子都住在這裡啊。

杭州的變化大嗎？

城市變了，湖還是那個湖。

最喜歡哪裡？

哪裡都好，晚上去看月亮，景色最好了。

那麼，就是平湖秋月了。

不用那麼講究，看月亮，哪裡不一樣啊。

他答應了一聲，出了會神，最後，還是說，我還是願意等的。

老人則不再說話，好像在專心想著看月亮這回事。

到了她家，他小心翼翼扶老人下車。那裡，保母已經在樓梯口等著了。老人自嘲地說，到了最後，就只剩下一人而已啊。

他回頭看看，那棵梧桐的葉子已經落了一半，他對老人說，我再來看你。

她知道了這件事，只在電話裡說，知道了。謝謝。

他便又說，我等你。

她幾乎沒有猶豫地說，好的。

於是，他便快樂了。

後來，快樂與不快樂就這樣交替著，歲月流淌而過，不知不覺已經是頗為可觀的一大把時間。其實理想的結果不過兩個可能，要不是她回來，就是他過去，但是不知道為什麼都那麼難。

在他們漫長的故事之中，我與他相遇過一次，那個時候，正是他與她的故事以童話的形式流傳甚廣的時候。他還在等她，她也同樣吧。青梅竹馬，聽上去就教人眉開眼笑起來。

他比以前胖一點，穿著質地很考究的西裝。我與他偶遇，他正在應酬客戶。應酬這種事真是千篇一律，無聊而無法避免。他與一個男孩子從飯店包廂裡走出來，一出來就頭對頭地密謀什麼似的商量著。男孩子穿著廉價的西服外套，像是剛出來工作的模樣，他說什麼，男孩子就點頭。然後，好像把事情說定了，他拍拍年輕男孩子的肩，開了門讓他回去，自己卻還站在門外，等門關上，就掏出一支菸來。

他抬頭的時候就看見我，便打招呼。他說，這麼巧，什麼時候回到杭州的？是休假？

我說，是的。問他，你正忙啊。

他搖頭說，沒什麼了不起的，工作而已，都是應酬，每天一樣。

他將兩手張開，做出無可奈何的樣子，一副閒情逸致都被淘盡了的表情。

他還想說什麼，已經有人來催他。

我們說了幾句不相干的話就道了別。

我轉頭看他背影，看上去有點累，並不像童話中模樣瀟灑的主角。他又回頭搖搖手，讓我碰巧又看見他一額油光的。不知道為什麼，我覺得那是常態，不值得驚訝。

過去的同學陸續結婚，也有離婚的傳說。去湖邊走一走，騎單車飛駛的是一幫新的少年，永遠前赴後繼。而漸漸的，各種各樣漂亮的私家車也正在多起來，人們開始抱怨交通阻塞。一切迅速地改變，腳下的步子卻不減地變快了。

那年又是冬天。

冬天的杭州真是相當的寒冷。去湖邊走了一趟，覺得寒冷鑽入了骨髓，怎麼走也暖不起來。春節過後，元宵節還不到，從鄉下來城裡燒香的老太太們已經成群結隊，穿著天藍的衣服，背鮮黃色的袋子。城裡的老太太與鄉下老太太都有自己做事的方式，很難想像城裡的老太太們這樣結隊成群地走在路上，並且飽含著郊遊的心情。好像城裡的人只有在極年少的學生時代才有過這樣類似的隊形和熱鬧的心境。與這樣的人群擦肩而過，好像與正在過去時代錯肩一樣，無法停留地走到一個不同的世界裡去。

冬天過去，春天就來了。

春天到的時候，西湖差不多就會完全地被外地來的遊客佔領。早些時候出現的燒香客，才是一個開始而已。

但，我沒等到春光明媚，就離開了杭州，而杭州的季節才正要進入佳境。

他認識小伊的時候，其實距離那個夏天已經間隔了好多個春秋。他的生意早已走上軌道，據說有點意氣風發。

那麼多時日，自然已經埋藏了許多變數。

照一般地看法而言，小伊多少有點來路不正。

有一個傳聞講，是他把小伊從泥沼裡強拉出來的。

什麼泥沼啊？我聽的時候已經覺得一種拂之不去的曖昧飄染在空氣中，便有些駭異地張大了嘴。

說話的女孩子則撇撇嘴，說，關於泥沼的定義沒什麼好說的。但是在這樣的年月，大凡掉下去的人都是志願者。

於是，我便明白了，不知道說什麼好地嘆了口氣。

女孩子則用一種淡淡的疏涼的口氣說，倒也是個有辦法的女人，從外地來，一無所有，轉眼間就衣食無憂了。但不管怎麼說，從過去到現在，都不是什麼光采的事。他心裡的結婚人選還是原來的她吧，怎麼也不會是這個叫做小伊的人。

怎麼會這樣？我有些吃驚，他與她，他們還沒有分手？

沒有。女孩子回答，然後攤開手，說，情形真是有些為難。說是說愛著遠方的她，但是卻一點也不妨礙在另一邊的遊戲。據說，她瞇起眼，好像難開口一樣，停了停，說，多半還是肉慾。是他自己說的，心靈已經很寂寞，那麼只有先讓身體得到滿足。聽上去，是不是很像中年人在說話。說什麼風花雪月，到了最後只剩下了風月。女孩子的口氣聽上去很明顯地在抱怨著。

我們同時嘆氣。

站在小伊的立場，所有前因後果並非沒有說得過去的理由。

小伊知道他和她的事。但小伊不說一句話，換而言之就是沒有什麼要求，小伊有小伊的立場。

小伊好似一種安全感，好像讓他保留了某天可以重新為人的選擇。這樣的時候，他還是忘不了她，也不打算放棄她，事情就由不得他地變得複雜起來。

小伊近在眼前，而她遠在天邊。他覺得身邊需要一個女孩子的溫柔。

他與老同學骨碌碌地喝酒，一杯接一杯，卻喝不醉，酒量不知不覺地已經變得很好。

老同學指著他說，你怎麼辦，怎麼跟她交代啊。

他也茫然地問，怎麼辦才好？

老同學指導他說，交朋友呢，就是真誠兩個字。

他就崩潰了，好像在一瞬間被酒精擊倒，他也樂得順勢躺下來，再顧不得姿勢是不是好看。他說，別跟我說真誠。先說累，生活的每一個細節都累，想她更累。

他沒有拿到同情，老同學說，你沒有抱怨的資格。

他不同意，但也不辯解，已經沾了些一意孤行的習氣，況且有些事開始了就沒法停下來了。

他替小伊租下一處房子的時候，兩個人都有點尷尬。從頭到尾，他擺明了只有這些，再不可能多一點了的態度；她也做出了就這些吧，沒有問題的姿態。這樣一來，結果就變成了沒有婚姻作終點的兩情關係，也許沒有什麼，但是到底有意難平的地方，何況另有一個她在那裡。

小伊的朋友說，小伊，小伊，何苦來。

小伊從抽屜裡取出一本地圖冊，找到家鄉的小村子的地方，指給人家看，說，她出來了，就不打算回去了。村子裡的女孩子，至多讀到小學畢業，人生際遇，各不相同。

小伊的朋友留心打量小伊，不太相信對於他，真的像小伊自己說的那樣純粹糾纏著利益的關係。

當然基於事實如此，其中的道理似乎也沒有那麼重要了。

小伊說，男未婚，女未嫁，到底有什麼關係。

朋友說，這倒也是，怎麼沒有想到這一層上去。

小伊的眼神在某個瞬間變得非常尖利，像一把冰做的利刃，插進胸口也會引起鑽心的疼痛，然後就化作水，融入胸中的熱血，冷與熱，漸漸也沒有什麼差別了。

她在春末時候悄悄回到這個城市。

湖邊桃樹連綿。

他們去茶館喝茶，很好情調的茶館，服務生都是女孩子，穿著時髦的藍印花布旗袍。進門的地方做成吧檯的樣子，實際上的功能是供應自助式的配茶的中式點心。茶館裡清清爽爽的，沒有一點異味，不知道廚房是設在什麼地方，真是隱藏得相當好。

他叫了綠茶，是旗槍，用玻璃杯泡著端上來，綠葉子在水中豎立著，用眼睛幾乎分辨不出的速度緩緩沉入水底去。她叫的是鐵觀音，端上來一套功夫茶具，剛夠一個人用，紫砂壺，茶海，聞香杯，公道杯，一色排開。她的手像知道回家的路一樣，知道如何準確地運用這些器具，充滿閒情逸致。非常好看的手，纖細而且白皙，簡直可以作護手霜的廣告，但是如果是畫家選擇臨摹手的模特，則未必會中意，因為有點過分完美。這樣的手與茶具在一起，有種華麗而隆重的氣氛。

他有點不確定空氣中飄揚著的某種不熟悉的陌生，不知道是她之於他，還是他之於她。

她說，常來喝茶嗎？

他搖頭，哪有這樣的閒情？

怎麼沒有？

他想了想，本來要解釋，但最後還是沒有開口，只報以一個疲倦的笑。

服務生在適當的時候端著裝了點心的盤子出現，小籠裝著燒賣和小湯包，青花瓷碗盛著牛肉粉絲，還看得見熱氣氤氳的樣子。他和她不約而同過分專心地挑選食物，太過專注，以至於空氣中出現一點鴻溝的感覺。春江花月夜的音樂在一個不長的間歇之後，從平地昇起來，聽上去像是一個花好月圓的晚上。

但很明顯，事實不是這樣的，疏離在空氣中，抬手就可以觸摸到。

她覺得心煩，草草與他別過，一個人到西湖邊去，然後想起平湖秋月，想起那個沒有月亮的晚上，原來細節全部歷歷在記憶裡鮮明地陳列著，不能夠抹去。她走到平湖秋月，卻又碰見他。他也在那裡，比她先一步，背對著她，坐著抽菸。她看著他的背影，那已經不是一個少年的樣子了，他們都走過那個階段了。

她知道自己還有回頭的機會，在他沒有轉身之前離去，在新的煩惱還沒有出現的時候就離開。

她沒有動，而他轉過身來了。

他們都有點手足無措，不知道這湊巧暗示著什麼，還是什麼也不是。

其實，她已經知道有關小伊的一些事，不是全部，但是也輪廓鮮明，輾轉傳至她這裡，已經加了很多不相干的個人感情色彩。

她覺得好像捧著一個線團，五顏六色，已經不是最初她想像的那樣，可是她無法把屬於自己的那一根抽出來。

他問她，願不願意嫁給他。

她不肯回答。但是，突然地她不打算要一貫的好涵養，語氣甚至有點尖刻地說，那你打算拿她怎麼辦。

他原也沒有刻意要隱瞞，但她當面說出來就像在他胸上打了一拳，他囁嚅地不知道怎麼開口，像在這一刻才看到自己荒唐的哪裡也走不通的人生，因此漲紅了臉。情急之中，他問，如果不是因為她，你就會願意？

她說，這個問題現在問我不是沒有任何意義？

這次，他想也不想，立馬承諾，我跟她不會有結果的。

她若有所思看著他，他突然覺得委屈，說，你一點承諾也不給我，不知道我有多難？

她像突然受傷，反問，這很難嗎？然後回到沉默的最初狀態中去。他看到她一瞬間臉上的陰晴，幾乎嚇了一跳，以為她會發作，但是這樣的不聲響，與過去一樣，讓他深深失落。

他想問她在另外一個城市，到底是不是有讓她心動的人。但是猶豫著還是決定不要開口。

然後，一個轉身，她便又離開了故鄉的城市。

在遠方，她獨自一人。如果要細訴，當然也有一些故事。只不過，她不再是童話中的女主角了，故事也就是一些普通的世俗之事。別人當然問過她，是不是喜歡他，至少喜歡過吧。她不是不願回答，而是不能回答。

也許那個人曾經走到她心裡。但是還不如從來沒有走進去比較好。她以為他真心對她，但也不過如此，這便是人與人之間的最大距離。可是，她不想承認這樣的失敗，只告訴自己，他們之間路途太過遙遠。我們都相信過童話，只是，差了那麼一點點，如果再堅持那麼一點點，會怎麼樣呢？她只是覺得深深的惋惜。

他繼續過著他的人生，不再想童話這種事情。他有時候真的惱了，喝完酒還摔過一只杯子。他不知道她對他到底想怎麼樣，那麼久之後，仍舊一句承諾也無，只是遠遠看著他，他昇華或者墮落，她也不過這般遠遠看著。甚至，他開口向小伊求過一次婚。小伊那天沒有喝酒，所以微笑而堅定地拒絕了，小伊說，你會後悔的。他跟小伊分手之後，女朋友沒有斷過，跟小伊又分分合合幾次。

最後一次分手的時候，小伊自殺過，小伊也許後悔那次他求婚的時候，自己沒有答應。不過到了最後，後悔的應該是自己傻到要去自尋死路，所以便徹底地分手了。

慢慢地，她的故事也從南半球傳回來，傳說中的故事總是更加精采；漸漸地，他們之間的不可能似乎已成為定局。他們的故事也在大家的傳說中淡出，曾經那麼興高采烈傳頌的或者鄙視的到頭來不過是大家各自的想像而已，真實生活裡的不過是些平凡的人生，別的都是鏡中花。

我是從小甲那裡聽到他結婚的消息。他與一個我們誰也不認識的女孩子結婚，全部老同學都被邀請參加了他的婚禮，似乎是他宣告新生活的開始。

小甲開玩笑地說，大家好像鬆了口氣，這麼些年懸而未決的問題終於有了一個答案。

什麼問題？我隨口問。

小甲一呆，說，他們是否相愛？愛情是不是能戰勝所有我們生活中的難題？但是，他想了想，又說，好像也不是這麼一回事。

小甲看上去悵然若失，我便說，算了。這都是別人的事，連他們自己也未必清楚前因後果的關聯，我們旁人便不必操心了。

小甲卻嘆口氣，顧左右而言他，期期艾艾，末了突然說，總之他比我勇敢。誰？誰比你勇敢？我摸不到頭腦。

小甲拿起酒杯晃一晃，說，至少他告訴了她，他的感覺。我卻沒有這份勇氣。

我看著他把酒一飲而盡，反應慢了半拍，等他的臉慢慢漲紅，才伸出手去，指著他，吃驚地說，你……你喜歡她？

小甲把我伸過去的手臂按下來，說，少安毋躁，少安毋躁，現在說這話已經沒有意義了。現在，不說愛情這回事了。我的愛自認不能比他愛她更多，而連他也堅持不下去。

我因為驚訝而張大嘴巴，這成為那次我跟小甲見面的最後定格畫面。

一直走，不回首。大家可能一直以為這是她的生活軌跡了，但是她卻回來了，沒有回到杭州，而是在距離幾步之遙的上海，作為公司外派，也算回到了原地。只是，真正的起點是回不去了。

此時的上海比那南半球她曾經居住的城市都要熱鬧有趣，她曾經打算追求的好像就是這樣的物質生活。

但是，他與她再也沒有見過面。

小甲多嘴，告訴我，在她回來的這一年的中秋，他在平湖秋月碰見了他。他們都是一個人，又是老同學，這樣的時間，撞在一起，雖然有點尷尬，但是少不得說兩句。小甲管不住自己嘴巴，提起她來。他倒不介意，只是感慨，不再有任何愛的勇氣了。包括當年對她，還有對小伊，和一切旁的人，任何真的愛，假的愛，他都沒有勇氣了。所有剩餘的力氣，剛剛好夠他做一個好人。做好人也好，正好償還這些年自己因為懦弱的那些墮落。

小甲一本正經地對我說，一瞬間，我也心灰意冷。我從來沒有勇敢過，而想必也不會變得勇敢。我的力氣，也只夠我做一個普通的人，連好字也略去了。

我沉默不語，因為不知道怎樣才能安慰小甲。結果我們告別的時候，彷彿都留了一塊心病。

我倒是見過她一面，在上海飛香港的商務艙內偶遇。她正看雜誌，我坐在她後面，我們彼此認出對方，就把座位換到了一起。我們說了許多事，關於工作，關於好吃的餐館，當年流行時尚的走向，房產，旅遊度假村，和各種娛樂八卦以及政客的笑話，但是就是沒有說起任何與感情有關的話題，也沒有說起我們中學時代的人和事。

我們聊得那樣愉快，而且彼此心照不宣，生命中愛過，受過的傷，都收在了心裡，也知道自己已經變得不再勇敢，所以不能坦蕩地把心打開，但是，也許我們根本也沒有勇敢過。但為什麼，我那麼清楚地記得那年，那一年我們還都相信童話，我們鼓勵他們，也鼓勵自己，感覺到自己的勇敢和快樂，走向任何一個方向，都可以所向披靡。

國家圖書館出版品預行編目資料

小寂寞 / 聞人悅閱作. -- 初版. -- 臺北市 :
聯合文學, 2013.1

256面 ; 14.8×21公分. -- (聯合文叢 ; 550)
ISBN 978-986-323-024-3(平裝)

857.7　　　　101027590

聯合文叢 550

# 小寂寞

作　　者／聞人悅閱
發 行 人／張寶琴

總 編 輯／王聰威
叢書主編／羅珊珊
副 主 編／蔡佩錦
資深美編／戴榮芝
校　　對／聞人悅閱　蔡佩錦

法律顧問／理律法律事務所
陳長文律師、蔣大中律師

出 版 者／聯合文學出版社股份有限公司
地　　址／110臺北市基隆路一段178號10樓
電　　話／(02) 27666759轉5107
傳　　真／(02) 27567914
郵撥帳號／17623526 聯合文學出版社股份有限公司
登 記 證／行政院新聞局局版臺業字第6109號
網　　址／http://unitas.udngroup.com.tw
E-mail:unitas@udngroup.com.tw

印 刷 廠／瑞豐實業股份有限公司
總 經 銷／聯合發行股份有限公司
地　　址／231新北市新店區寶橋路235巷6弄6號2樓
電　　話／(02) 29178022



出版日期／2013年1月　初版
定　　價／300元



ISBN 978-986-323-024-3 (平裝)

聯合文學 感謝您購買本書，這一小張回函，是專為您與作者及本社所搭建的橋樑，我們將參考您的意見，出版更多的好書，並適時提供您相關的資訊，無限的感謝！

＊書友卡每月月初抽出二名幸運讀者，贈送聯文好書

＊書友卡資料僅供聯文力求進步，資料絕對不會外流

---

您是聯合文學雜誌：□訂戶　□曾是訂戶　□零購讀者　□非訂戶也不曾是零購讀者

您願意聯合文學同仁和您聯繫，向您介紹聯文的雜誌和叢書嗎？　□願意　□不願意

姓名：　　　　生日：　年　月　日　性別：□男 □女

地址：□□□

電話：（日）　　　　（夜）　　　　（手機）

學歷：　　　　在學：　　　　職業：　　　　職位：

E-Mail：＿＿＿＿＿＿＿＿＿＿

1. 您買的這本書名是：＿＿＿＿＿＿＿＿＿＿

2. 購買原因：＿＿＿＿＿＿＿＿＿＿

3. 購買日期：＿＿年＿＿月＿＿日

4. 您得知本書的方法？

□＿＿＿報紙／雜誌報導　□報紙廣告書評　□聯合文學雜誌

□＿＿＿電台／電視介紹　□親友介紹　□逛書店

□＿＿＿網站　□讀書會／演講　□傳單、DM □其他＿＿＿＿＿

5. 購買本書的方式？

□＿＿＿市（縣）＿＿＿書店　□劃撥　□書展／活動

□＿＿＿＿＿網站線上購物　□其他＿＿＿＿＿

6. 對於本書的意見？（請填代號1. 滿意 2. 尚可 3. 再改進，請提供建議）

書名＿＿內容＿＿封面＿＿編排＿＿綜合或其他建議＿＿＿＿＿

＿＿＿＿＿＿＿＿＿＿＿＿＿＿＿＿

7. 您希望我們出版？

＿＿＿＿＿作者或＿＿＿＿＿＿＿＿類的書

8. 您對本社叢書

□經常購買　□視作者或主題選購　□初次購買

文 學 說 盡 人 間 事　自 己 的 一 生 就 是 文 學

客戶服務專線：（02）2766-6759轉5107聯合文學網：http://unitas.udngroup.com.tw

| | |
|---|---|
| 廣　告　回　郵 | |
| 北區郵政管理局登記 | |
| 證北台字7476號 | |
| 免　貼　郵　票 | |

聯合文學 出版社股份有限公司　收

110 台北市基隆路一段178號10樓

10F,178 KEELUNG RD.,SEC.1,
TAIPEI.(110)TAIWAN R.O.C.

（請沿虛線對摺後寄回，謝謝!）